读词入门

陈振寰 著

上海古籍出版社

图书在版编目（CIP）数据

读词入门 / 陈振寰著. — 上海：上海古籍出版社，
2010.4（2024.10重印）
ISBN 978-7-5325-5523-9

Ⅰ.①读… Ⅱ.①陈… Ⅲ.①词（文学）—基本知识—中
国 Ⅳ.①I207.23

中国版本图书馆CIP数据核字（2010）第030266号

读词入门

陈振寰 著

上海世纪出版股份有限公司 出版发行
上海古籍出版社
（上海市闵行区号景路159弄1-5号A座5F 邮政编码201101）
（1）网址：www.guji.com.cn
（2）E-mail:guji@guji.com.cn
（3）易文网网址：www.ewen.co

发行经销 新华书店上海发行所
制版印刷 上海丽佳制版印刷有限公司
开本 889×1194 1/36
印张 4.5 字数 80,000
印数 26,801-28,100
版次 2010年4月第1版
 2024年10月第13次印刷
ISBN 978-7-5325-5523-9/I·2176
定价 24.00元

前　言

　　时代已步入21世纪，明智而有远见的现代人，愈发意识到，在搞好本职工作之余，还应当多了解中国传统文化，从中汲取养料，以陶冶情操，健全人格，增长智慧，那么才能在竞争激烈的社会中，多一种拼搏奋斗的资本与力量，立于不败之地。

　　接触传统文化的前提，是能够读通读懂古诗文，然而这又绝非是轻而易举的事。道理很简单，我们的语言在历史发展的进程中，其内部要素，诸如语音、词汇、语法，起了变化；而先哲们创制的不同文学样式，诸如小说、诗词曲等，历经嬗变，也形成了各自固定的规范。这些无不成了今人阅读古诗文的拦路虎，甚或每每令人望文生畏。

　　有鉴于上述种种，我们为初学古诗文者先期设计推出了这套"入门"丛书，包括《读古文入门》、《读古诗入门》、《读词入门》三种。每种都从最基本与必备的知识入手，由浅入深，娓娓道来，通俗易懂；并力求总结归纳出规律性的东西，能使读者一目了然，由此及彼，达到触类旁通的目的。为说明问题，几乎每一章节，都举出实例，释疑解难；关键处还附详细表格，化繁为简。要之，知识含金量高，一本在手，阅读古诗文的困难便能迎刃而解，是这三本书的主要特点。

　　愿这套书能成为您打开传统文化殿堂之门的金钥匙。

上海古籍出版社

目　录

一　什么是词 / 3
二　词的起源和流变 / 6
三　词的格律 / 15
　（一）词调和词牌 / 17
　　1．词调是怎么来的 / 17
　　2．词调是怎么定名的 / 23
　　3．同调异名和异调同名等 / 27
　　4．词调和字数的关系 / 32
　　5．单调、双调和三叠、四叠 / 43
　　6．填词者是怎样选择词调的 / 46
　（二）词的用韵 / 50
　　1．词韵的分部情况 / 51
　　2．词的押韵方式 / 58
　（三）句式和平仄 / 76

1

　　　1．什么是平仄 / *76*

　　　2．词句的平仄格式 / *80*

　　　3．词字跟四声的关系 / *95*

　　（四）词的对仗 / *99*

四　"词"的语法特点 / *102*

　　（一）词的活用 / *102*

　　（二）成分的省略 / *105*

　　（三）词序的变化 / *107*

　　（四）一字逗 / *108*

五　词的用典 / *110*

　　（一）用事、用句、用词 / *112*

　　（二）明用、暗用、正用、反用 / *120*

六　词的章法举隅——开头、过片、结尾 / *128*

七　词集、词话、词谱 / *143*

　　（一）词集 / *143*

　　（二）词话 / *146*

　　（三）词谱 / *150*

结束语 / *153*

读词入门

一、什么是词

词是一种诗体。初起时，它本是为配乐歌唱而写的歌词，所以又称"曲子词"。

词是诗的一种，但又不同于普通所谓"旧体诗"。旧体诗，特别是其中的"近体诗"，格式只有那么几种，字数、句数、平仄、用韵方式都是相当固定的。而词就复杂多了，每一首词都属于一定的词调，每个词调都有自己相对固定的格式。光是它那长长短短的句式，疏疏密密的韵脚，就跟近体诗显然不同。这是因为词和诗不一样，诗不一定配乐，即使配乐，也都是先有了诗，然后再按诗配乐。也就是说，诗与乐的结合，只是以乐迎合诗，因此诗仍可保持原来整齐的格式，不必去迁就乐曲。但是，词则不同，它一般都是先有了乐，然后按乐填词[1]，因此它在句数、字数、平仄、用韵等方面，都要受到乐律的影

[1]先写了词，然后按词谱曲的只是极少数。最常见的例子，就是作者的自度曲。

响。乐谱多种多样[1]，词的形式也就跟着千变万化，形成各种不同的词调，如《浪淘沙》、《蝶恋花》、《沁园春》等。

如上所述，每一种词调按照各自依据的乐谱，大体上都有一定的格式，但这种格式在开始时又不是一成不变的。因为人们据谱填词，他所要求的，也只是合情、易唱、顺耳而已，无需苛求每个地方都字切句合。正如我们今天对歌曲中的每一个节拍，可以唱一个字音，也可以唱二个或多个字音；反过来几个节拍既可以唱几个字音，也可以合唱一个字音。同样，作者在填词时虽按乐谱填写，但在某些音节上，可以你多填几个字，我少填几个字，在个别音律不吃重处，还可略变一下平仄韵律，使演唱时仍能悦耳动听。这样一来，词调也就更加多样化。早期的词，往往一调数体，主要原因就在于此。宋以后，乐谱逐渐散失，再加上多数诗人本不懂音乐，他们填词意在作诗而不在演唱，于是干脆不去理睬曲谱，只按前人已经填了的某调，一字字、一句句地照填下去，"依样画葫芦"——你叫《更漏子》，我也叫《更漏子》，你开头三字的格式是"仄平平"，我也照填"仄平平"。这样一来，格式反而

---

[1] 如句式有长短，节奏有缓急，音调有抑扬，情趣有哀乐等等。

固定了、严格了。明清两代更有人归纳旧词，厘定词谱，使填词者有所依据。于是词便成了一种纯粹的文学样式，一种格律十分严格的诗体。

以上，我们给"词"画了一个大致的轮廓，下面我们将分章作较详细的介绍。

二、词的起源和流变

关于词的起源，过去有种种说法。有人说，词是从汉魏乐府蜕变出来的[1]。古人编词集就有叫"乐府"的，像《欧阳文忠公近体乐府》、《东坡乐府》、《乐府雅词》等。"乐府"本是汉代政府设立的音乐机关，负责采制乐曲，被采入乐的诗，后人就称之为"乐府"；隋唐以后，更把袭用乐府诗旧题、摹仿乐府体裁而并未入乐的诗也叫做乐府。"乐府"跟"词"开头都能唱，多数乐府句法也不像近体诗那么整齐。然而，一则"乐府"与"词"所配合的音乐体系是不同的；再则词开始从民间崛起时，乐府诗已经跟音乐脱了节，一般不再歌唱了，所以，词源于乐府的说法，缺少切实的根据。

又有人说，词起源于唐代的近体诗，是诗的余响。北宋廖行之的词集叫《省斋诗余》，南宋人

---

[1]宋王应麟《困学纪闻》云："词曲者，古乐府之末造也。"

编的一本词选称《草堂诗余》,这个"诗余"就是
"诗之余响"的意思。那时,这种提法还包含有
轻词重诗的意思,不全说的是源流关系。清人宋
翔凤则明确提出了"词起于唐人绝句","词实诗
之余"(《乐府余论》)的观点。持这种观点的人,
注意到了唐代一些著名的近体诗篇被当时的乐工
歌伎配曲歌唱的事实,注意到了初期某些词调
从文字上看似乎就是律诗绝句增减一两个字的结
果。但是他们忽略了:乐工取现成的诗句配乐,
不等于词是诗的变体,就好像我们为毛泽东同志
的《长征》诗配曲并不能改变它是一首七律的
性质一样;而文献证明,至少在近体诗形成的同
时,民间就有了初期的词。早期的某些词在文字
上和诗区别不大,这主要是因为作词的人当时对
这种配乐歌唱的新文学样式还不太熟悉,而却更
谙熟于诗的缘故。

比较正确的看法是:词是隋唐时兴起的一
种新的文学样式,开始时是为配合隋唐以来流行
的、以西域音乐为主体的"燕乐"而作的歌词。

南北朝是个民族大融合的时代。随着边疆民
族进入中原,他们的乐曲和乐器也逐渐传入,并
跟汉族固有的音乐交相接触。隋时宫廷设置的七
部乐、九部乐,多半来自西北民族和域外诸国;
主要乐器琵琶、箜篌(kōnghóu空喉)、筚篥(bìlì

毕力）[1]等也传自西域[2]。七部乐、九部乐都是宫廷燕飨时演奏的，被称为燕乐（宴乐），它包含着清乐、胡乐、俗乐三个系统。胡乐主要来自当时西域一带和我国西部兄弟民族，俗乐是汉化了的胡乐，清乐虽是汉族的传统音乐，但也受胡乐影响而逐渐起着变化。宫廷如此，民间当更得风气之先。西域和我国西部音乐粗犷、活泼而富于变化，比传统的音乐更适合表现复杂强烈的感情，因此，一经传入，很快地便被乐工歌伎所接受而加以发展。《旧唐书·音乐志》载："自开元以来，歌者杂用胡夷里巷之曲。"胡夷新声与里巷俗曲被这些民间音乐家巧妙地结合起来，促成了汉民族音乐结构的重大变化。可以说，没有这种变化就没有词的兴起和发展。

宫廷燕乐是大型舞乐，开始还可以不要文辞，而民间歌者则不同，他们是要在筵席前演唱的，必得有歌词才行。开始时，他们或者选一些短诗配入乐曲，不大切合处就加些衬字；或者自编一些不拘现成格律、通俗活泼的短歌配进曲子。这后一种办法，形式和内容都比较切合乐曲的要求，很快便显示出了强大的生命力。逐渐地，文人们也注意到了这种新的体裁而试制起

---

[1]箜篌是一种竖琴式的弦乐器，筚篥是一种直吹的管乐器。
[2]见《隋书·音乐志》。

来。民间曲词起于何时，已不能确知，但最早不会先于六朝，因为它的出现有待于胡乐的传入、初步普及和胡汉音乐的结合；最晚不会迟于盛唐，因为敦煌曲子词中已有被确定为公元八世纪的相当成熟的民间作品。

文人词起于何时虽然也没有定论，但肯定不会早于唐代，因为它不可能比民间词更早出现。南宋朱弁在《曲洧旧闻》中说："词起于唐人，而六代已滥觞也。"明杨慎、清末梁启超都曾征引他的话证明文人词始于六朝，梁氏还举了梁武帝的《江南弄》、《上云乐》等作为填词之始。其实那多半是乐府的改制，不就是词。不然就难以解释何以要等两百年以后才有公认的第一批文人词出现。

第一批被公认的文人词是唐肃宗、代宗时期张松龄、张志和兄弟以及顾况、戴叔伦、韦应物、王建等人的作品。宋黄昇《唐宋诸贤绝妙词选》把传为李白所作的《菩萨蛮》、《忆秦娥》认作"百代词曲之祖"，这个说法一直受人怀疑。像《菩萨蛮》，据说是有人在鼎州沧水驿楼壁上发现的，不知撰者、书者是谁。后来有人在曾布（宋人）家里发现了所谓"古集"，其中有这首词，才知是李白的作品。曾布距李白近四百年之久，而所谓古集又不见著录流传；以李白那样著名的诗人，如果真写过那样成熟的词，怎么可能在四百年间却无人提及呢？这两首词大约是晚唐五代人的作品。

早期词人中特别值得提出的是刘禹锡和白居易。他们现存词作有七十首[1]，其中像《忆江南》等不但内容清新，形式上也基本摆脱了近体诗的束缚。

词从孕育到成长为一种崭新的诗体并在文坛上取得一定的地位，始于晚唐五代。晚唐温庭筠是早期最杰出的一位词人。他以浓艳华美的笔触写歌姬舞伎的生活，缠绵细腻又比较讲究声律，使词跟诗从内容到形式都划出了一条明显的界线；同时也使文人词跟质朴的民间词划清了界线，对后来词的发展，影响很大。直接受其影响的是五代时鄂蜀和江南的词人。鄂蜀词人主要指一批与前后蜀、南平政权有关系的词人韦庄、李珣、孙光宪等。他们写了许多浮艳绮靡的词作，当时人赵崇祚为他们编了一部《花间集》（包括温庭筠、皇甫松等共十八家）。后来，人们便把这些以写艳情闺思为主的词人称为"花间派"。江南词人指的是以南唐中主李璟和后主李煜为核心的一批人。其中成就最大的是李煜和冯延巳。李

[1]据林大椿《唐五代词》，刘四十一首，白二十九首。若据《全唐诗》，则不计《杨柳枝》、《竹枝》、《浪淘沙》，只十七首。

煜早年过着优裕的帝王生活，有着比较深厚的文学、音乐修养，后来被迫降宋，弃国北上成为囚俘。沧桑巨变造成了他心灵上深深的创伤。他深情地刻划亡国破家的哀痛，使其后期词作无论思想或艺术都达到了超越前代和同时代词人的新境界。冯延巳的词清新秀丽，细致动人，对北宋婉约派词人影响很大。

词的全盛时期是两宋。关于两宋词的发展情况，这里只约略地画一个轮廓。

北宋初期，多数作者仍然以词为诗文余事，偶一为之。这时的词多为短篇抒情之作，基本内容和手法仍然继承着五代流风。范仲淹、晏殊、欧阳修是其中最有成绩者。特别是范仲淹，他的《渔家傲》写边塞风光，寄爱国壮思，苍凉悲壮，可说是后来豪放派词的前奏。

柳永是北宋第一个致全力于词作的人。他懂得音乐，擅长白描，而且感情真挚，熟悉下层人民生活，因而他的词一般都铺叙宛转，栩栩如生。值得一提的是，他改制和创制了一些词调，特别是一些长调，大大地丰富和扩大了词的表现力。但是他的词题材却比较狭窄，多半只是吟咏都市的浮华、伎女的悲喜以及羁旅行役之情等。真正使词在题材上有所突破的主要是苏轼。

苏轼是宋代杰出的诗人，是古文运动的领

袖之一，也是一位填词的革新者。他虽谙音律，却不为音律所束缚；虽能言情，却有意地冲开柔情的羁绊。他以挥洒雄健的笔墨通过词来言志咏怀，把词提到了新的境界。宋人赞扬他"偶尔作歌，指出向上一路，新天下耳目。"（王灼《碧鸡漫志》）"一洗绮罗香泽之态，摆脱绸缪宛转之度。"（胡寅《题酒边词》)说得都很恰当。后人评宋词有所谓"婉约派"与"豪放派"[1]，苏轼就是豪放派的主要代表之一。他的"豪放"主要表现在题材广阔，冲破了词为"艳科"的藩篱，而且笔力雄健，气象恢宏，意境高远，一扫词坛纤巧柔靡之风，在形式上也突破了音律的束缚，因此当时人晁补之就说："居士辞（指苏轼的词）横放杰出，自是曲子中缚不住者。"

[1]狭义地说，"婉约派"指晏殊、晏幾道、欧阳修等北宋早期词人；广义地说还可以包括宋代所有与豪放派风格明显不同的流派，如以周邦彦为首的"大晟派"，以姜夔为代表的"格律派"等。"豪放派"则指苏轼、辛弃疾和两宋之交的其他爱国词人等。大体说来，"婉约派"主张写词要蕴藉含蓄，典雅丽则；而"豪放派"则发露恣肆，酣畅淋漓。过去我国文人往往较多推重"婉约派"作品，认为只有"婉约派"词才是词坛正宗，其实这种论点很不全面，因为所谓"婉约派"和"豪放派"，这都是相对而说的。事实上"豪放派"词人如苏、辛，在他们的词中也有不少感情细腻、手法精巧有类"婉约派"的作品，而被公认为"婉约派"代表的词人，特别是宋初词人，也有相当深沉浑厚接近"豪放派"的作品。因此我们既不能笼统地说"豪放派"胜于"婉约派"，也不能说只有"婉约派"才是词坛的正宗，而只能从总的风格上，从总的主题倾向上来指出宋代的词，大体上有这两种不同的类型而已。

但苏轼的这种词风，当时并未被多数人理解和接受，就是号称苏门四学士的黄庭坚、秦观、晁补之、张耒也仍然没有离开五代宋初词的轨迹。当时被认为是词的正宗的代表人物是周邦彦。周邦彦精于音律，徽宗时受命掌管宫廷音乐机关"大晟府"。作为一个宫廷词人，他的词思想内容比较贫乏，但他在发展词乐，改革词律上却作出了不可磨灭的贡献。他十分注意锻炼词句，严整格律，艺术技巧很高，被后世誉为"词家之冠"，影响直到明、清。

苏轼开创的词风，到两宋之交，民族矛盾、阶级矛盾激化之时，才被一批爱国忧时的词人如张元幹、张孝祥、陆游、陈亮等所继承光大。原来似乎只宜于抒写个人情怀的词，在他们手中成了战斗的武器。特别突出的是辛弃疾。他流传至今的词有六百二十多首，多数洋溢着一种渴望统一的奋发进取的精神，无论是愤怒地呼喊还是深情地诉说，都较少有那种缠绵绮丽的情调。他以诗入词，以文入词，以史入词，抒情咏史，随心所欲，确实扩大了词的题材，开拓了词的境界。缺点是有的词用典过多而形象不足，使人有气势胜于文采之感，这对后世力图追摹辛词而生活、才力又远逊于辛的词人，又不免产生了一些消极影响。

13

这里还要提到著名女词人李清照。她生活在南北宋之交，后半生历尽坎坷，写出了一些感情深挚的词章。她在词的理论上，主张词"别是一家"，既反对柳永式的"轻薄"，又反对苏轼式的豪朴，影响颇大。与她同时的朱敦儒也是个不容忽视的、多风格的爱国词人，他还是我国第一部"词韵"的拟制者。

南宋中晚期词人，一部分人沿着苏、辛的道路前进，写出了一批忧时爱国的好作品，如刘克庄、刘辰翁、文天祥；另一部分人继承柳、周的词风而更加讲求格律的精细和工整，如姜夔、张炎、吴文英等。其中最突出的是姜夔。姜氏是位出色的音乐家，能自度曲，又精于音乐理论，善于锤炼字句，因而对词乐、词律多有创造，特别是他为我们留下的十七首词曲谱，这是我们现在能得到的重要的词乐文献。

词到宋末，已过壮年，无论内容、形式都不易再有新的突破。后代词人或追摹苏、辛，或步趋花间，或潜心周、姜，真有自己的独特风格和创造的实如凤毛麟角。自元以迄清末，其间以词闻名的人是不少的，像陈维崧、朱彝尊、纳兰性德、厉鹗、张惠言、王鹏运、朱孝臧、况周颐、柳亚子等都各有成绩，但终不能恢复词的青春。

三、词的格律

　　我国古代的韵文都是讲究格律的。格，指韵文的体制、格式。例如篇幅是有限制的还是无限制的；句法是整齐的还是参差的；字声是规定的还是任意的；用韵是划一的还是错综的等等。律，就是法则、规律。一种韵文体制的规则，就是它的格律。格律虽然只是韵文最表面的形式，但却是区分各种韵文文体的主要依据。

　　词的体制是什么样子的呢？我们且看一首典型的词：

扬 州 慢

中 吕 宫

　　淳熙丙申至日[1]，余过维扬。夜雪初霁〔jì纪〕，荠麦弥望[2]。入其城则四顾萧条，寒水自碧。

---

[1]淳熙：宋孝宗年号。淳熙丙申，指宋孝宗三年。至日：我国农历称夏至和冬至皆为至日，这里是说冬至。
[2]荠麦：初生麦苗如野菜一般。弥望：满眼。

暮色渐起，戍角[1]悲吟。予怀怆然，感慨今昔，因自度此曲。千岩老人[2]以为有《黍离》之悲也[3]。

　　淮左名都，竹西佳处，解鞍少驻初程。过春风十里，尽荠麦青青。自胡马窥江[4]去后，废池乔木，犹厌言兵。渐黄昏，清角吹寒，都在空城。　　杜郎[5]俊赏，算而今重到须惊。纵豆蔻词工[6]，青楼梦好[7]，难赋深情。二十四桥仍在，波心荡冷月无声。念桥边红药，年年知为谁生？

宋·姜夔（据夏承焘校《白石诗词集》）

　　"扬州慢"是词调名称；"中吕宫"是词调所属的宫调名称；"淳熙……悲也"是词序；词序以下是词的本体，分两大段，叫"上下片"或"上下阕"；"程"、"青"、"兵"……"生"等是韵脚；句内各字又有声调上的抑扬顿挫（像"竹西佳处"是"入平平去"——短长长短）；句子有长有短（三字、四字、五字、六字、七字）；"淮左名都"与"竹西佳处"、"豆蔻词工"与"青楼梦好"是对仗……这都是词的体制问题。

---

[1]戍角：军营号角。
[2]千岩老人：南宋诗人萧德藻自号。
[3]《黍离》：《诗经》篇名。此句意为怀恋故国的哀思。
[4]胡马窥江：指宋高宗时金兵两次进犯长江下游。
[5]杜郎：指晚唐诗人杜牧。
[6]杜牧《赠别》诗有"豆蔻梢头二月初"句。
[7]杜牧《遣怀》诗有"十年一觉扬州梦，赢得青楼薄幸名"句。

（一）词调和词牌

词是配乐歌唱的，所以每首词都有——或者至少曾经有过一个乐谱，每个乐谱都必定属于某种宫调（类似今天的 C 调、G 调），有一定的音律、节奏，这些因素的总和，就是"词调"。每种词调都有一个名称，例如《西江月》、《贺新郎》、《扬州慢》等，这个名称就叫"词牌"。在这一节里，我们将谈谈跟词调、词牌有关的知识。

1．词调是怎么来的？

现存的词调，就其乐曲的来源说，大体有四种情况：

（1）内地民歌的加工和民间歌手的创制。

刘禹锡《竹枝词·引》说："四方之歌，异音而同乐。岁正月，余来建平[1]，里中儿联歌'竹枝'，吹短笛、击鼓以赴节[2]。歌者扬袂睢舞[3]，以曲多为贤……故余亦作'竹枝词'九篇，俾[4]善歌者扬之，附于末。后之聆巴歈[5]，知变风之自焉。"很生动地记叙了他依内地民乐而创

[1] 建平：今四川巫山县。
[2] 赴节：打拍子。
[3] 袂（mèi）：袖子。睢（suī）舞：纵情起舞。
[4] 俾（bǐ）：使。
[5] 聆：听。巴歈：四川民歌。

制《竹枝》的经过。

又如《拾麦子》、《麦秀两歧》两调，最早见于唐崔令钦《教坊记》，大约就是中原地区农民拾麦时歌唱的。它们来源较古，《后汉书·张堪传》[1]就已记载着渔阳百姓歌"桑无附枝，麦穗两歧"的故事。《太平广记》也曾引《王氏闻见录》说五代梁时封舜卿过成都，倡优扮作贫苦妇女，背着筐子唱《麦秀两歧》曲。宋王灼《碧鸡漫志》则引《文酒清话》称，此事发生在唐封舜臣出使湖南道经金州、潭州之时，乃"六朝音律"。说法虽异，却更能证明曲子在民间流传之久远和广泛。其他如《摸鱼儿》、《拨棹子》等也有材料证明是由内地民歌加工而成的词调。

乐工、歌伎和其他群众歌手或身居民间，或出身底层，经常承受着人民诗乐的滋养，不少词调是他们创制的。其中有明确记载的如：

《喝驮子》[2]，据《碧鸡漫志》："此曲单州营妓教头[3]葛大姊所撰新声。梁祖作四镇时，驻兵鱼台，值十月二十一生日，大姊献之。梁祖令李振填词，付后骑唱之以押马队。"

据段安节《乐府杂录》记，《雨霖铃》是

---

[1]渔阳：今北京东北部一带。
[2]驮子：负着货物的牲口。
[3]营妓教头：随军妓女的歌舞教练。

"唐明皇驾回，至骆谷，闻雨淋銮铃，因令张野狐撰为曲名。"[1]《还京乐》也是"明皇自西蜀返，乐人张野狐所制。"同书还记载着乐工黄米饭、敬约等制作的《文叙子》、《道调子》、《康老子》、《夜半乐》、《黄骢叠》等。

群众歌手所制乐曲见于著录的如《离别难》（又名《大郎神》、《悲切子》），据《乐府杂录》，武则天时"有士人陷冤狱，籍没家族，其妻配入掖庭[2]，本初善吹觱篥，乃撰此曲，以寄哀情。"又如《何满子》，白居易诗《何满子》说："世传满子是人名。临就刑时曲始成。一曲四词歌八叠，从头便是断肠声。"自注："何满子，开元中沧州歌者姓名，临刑进此曲以赎死，上竟不免。"

（2）根据大型歌舞曲或其他乐曲改制。

隋唐时期，宫廷音乐机关沿袭、改制、创编了许多大型乐曲，其中有属于传统清乐系统的（《通曲》："清乐者，其始即清商三调是也。并汉氏以来旧曲。"），如《春江花月夜》；有属于燕

---

[1]另据《明皇别录》载，则为明皇自制而命乐工张徽吹奏的。
[2]掖庭：皇妃所居侧宫。

乐系统的，如法曲[1]《霓裳羽衣》、《献仙音》，
道调[2]《景云乐》、《顺天乐》等。这些大型乐曲
常常是由许多乐段构成的首尾俱全、层次繁复
的套曲。像法曲《云韶乐》，据《新唐书·礼乐
志》记载，演起来就要动用十几种乐器，三百人
的舞队，还有歌队。有的大曲长达五十多遍。这
样的大型乐曲当然不适合在日常生活、宴饮中演
奏，歌楼舞馆更难采用。于是乐工、歌者、文
士们便往往摘取其中精萃部分，制成短曲，再
配以歌词，单独演唱。有的仍用原名，如《破
阵乐》、《薄媚》；有的改称"××子"，如《甘州
子》、《破阵子》；有的就所截取的部分称为"歌
头"（如改大曲《水调》的曲头部分为《水调
歌头》，摘大曲《六州》的曲头部分为《六州歌
头》）或将原名稍加变化，另予新名（如姜夔摘
取法曲《霓裳羽衣》十二叠中的第七叠，制成词
曲，称为《霓裳中序第一》，又如摘取大曲《采

［1］《新唐书·礼乐志》："初，隋有法曲，其音清而近雅，其器
有铙、钹、钟、磬、幢箫、琵琶。"《旧唐书·音乐志》又说：
"太常旧相传有宫、商、角、徵、羽《宴乐》五调歌词各一
卷。……自开元已来，歌者杂用胡夷里巷之曲，其孙玄成所集
者，工人多不能通，相传谓为'法曲'。"从其流传和乐器来看，
当是受到西域新乐很大影响的雅俗杂糅的音乐体系。如《霓裳羽
衣》据唐史及《碧鸡漫志》等载，即为西凉乐曲经唐玄宗改制
者。
［2］《新唐书·礼乐志》："高宗自以李氏老子之后也，命乐工制
道调。"

莲》的一部分，制为《采莲回》，取大曲《柘枝》的一部分，制为《柘枝引》等）。

据其他乐曲改制为词曲的，如改古琴曲《思友人》为《思远人》、改《醉翁操》曲为《醉翁操》词，他如《虞美人》、《渔父》和《曲玉管》等词均来自唐教坊曲。

（3）边疆少数民族地区和域外乐曲的袭用或改制。

我们在前面说过，隋唐燕乐调和它的主要演奏乐器琵琶都是从西域一带和我国西北部兄弟民族那里传入中原的，而西北各族文化又与古印度、古伊朗等文化有着密切的联系，因此，许多词调来自那些地方就是很自然的了。

比如《苏幕遮》，原是从今新疆吐鲁番（古高昌）一带传来的"浑脱舞"的舞曲。"浑脱"是"囊袋"的意思。据说跳这种舞时，舞者用油囊装水，互相泼洒，所以唐人又称之为"泼寒胡戏"。表演者为了避免水浇头面，便戴起一种涂了油的帽子，高昌话叫"苏幕遮"的，因此，乐曲就被称为"苏幕遮"。后来，人们为这个舞曲填写歌词，也就叫《苏幕遮》了。

再如《赞普子》、《蕃将子》，看那名称便知道大约是古代藏族的乐曲。唐代吐蕃（bō播）语（藏语）称他们的君长为"赞普"。今存敦煌曲子词里的《赞普子》就是描写吐蕃将领来唐王朝朝拜的。

唐代不少成套的曲子如《破阵乐》、《伊州》等，都源于西北少数民族音乐。由它们的一部分演化而成的词调如《破阵子》、《北庭子》等，当然也应视为西北少数民族曲调。

常见的词调《菩萨蛮》，据唐苏鹗《杜阳杂编》记载："大中初[1]，女蛮国贡双龙犀……其国人危髻金冠，璎珞被体[2]，故谓之'菩萨蛮'[3]。当时倡优遂制《菩萨蛮》曲，文士亦往往声其词[4]。"近人杨宪益考证，女蛮国是古缅甸境内的罗摩国，"菩萨蛮"本是古缅甸乐曲[5]。果真如此，《菩萨蛮》就应是经过唐代歌者改制的域外乐曲。域外传入的乐曲，今天能够确切指出其渊源的不多了，这是因为它们的传入大多经过我国边疆地区各民族的中介，不少著名的学者如伯希和、林谦三、向达等都曾指出过这一点。

（4）文人创制的乐曲。

五代以后，一些词人本身就是音乐家，著名的如柳永、周邦彦、姜夔等，他们能自制新曲，配

[1]大中：唐宣宗年号。
[2]璎珞：珠玉串成的饰物。
[3]菩萨蛮：像菩萨一样的蛮人。
[4]声其词：按它的声律写词。
[5]见杨宪益著《零墨新笺》。

以歌词。后来词人据他们创制的曲调填词，便成了一种公认的词调。如柳永的《解连环》，周邦彦的《月下笛》、《忆旧游》、《琐窗寒》，姜夔的《扬州慢》、《暗香》、《疏影》、《长亭怨慢》等。

唐五代有好几个皇帝懂得音乐，他们也曾偶尔创制一些新曲，令乐工演唱。如唐玄宗初得杨玉环（贵妃）时喜作《得宝子》，他还自制过芦管曲《新倾杯乐》（俱见《碧鸡漫志》）。又如常用词调《如梦令》，据宋人记载，是后唐庄宗所制曲，原名《忆仙姿》等。

2.词调是怎么定名的?

词调都有名称，叫词牌。词牌的定名，本应依据乐曲内容而定，但实际情况却比较复杂。就唐、五代、宋初的作品看，词牌的由来大体有以下几种情况：

（1）有些词牌是乐曲的本名。如《苏幕遮》是"浑脱舞"曲名，《破阵乐》是"破阵舞"曲名，《千秋乐》是一种大曲名，《竹枝》是四川东部一种民歌曲名等。

（2）有些词牌是填写较早而影响较大的一首词的题目。词人据旧有的曲子填词，未用曲子原名而另立题目以概括词文内容。后来原曲名失传，填词的人便沿用该题目作为调名。如《谢秋娘》，原曲名已佚，据说唐李德裕据谱填词悼念爱妾谢秋娘，以妾名作为题目，后人沿用，遂成调名。又如：《更漏子》首见于温庭筠词，写春夜思念亲人，有"花外漏[1]声迢递"句，因用《更漏子》作词题，后人沿用，成为调名。

已经沿用的词牌，后人填词时，仍可根据内容另立题目，如姜夔与友人游湘江，见"山水空寒，烟月交映"，心有所感，填"念奴娇"词，"于双调中吹之"，改调名为《湘月》。白居易以《谢秋娘》调填了忆念江南景物的词三首，改题《忆江南》。辛弃疾《山鬼谣》自注说："雨岩有石，状怪甚，取'离骚九歌'，名曰'山鬼'，因赋'摸鱼儿'，改今名。"有时，不是词人改题，而是编选词集的人或后世填词者概括该词内容给以新题，或摘取该词中名句妙语作为题名的，后人沿用，遂成调名。如《贺新郎》，后人因苏轼《贺新郎》词有"晚凉新浴"句，改称《贺新凉》；又有"乳燕飞华屋"句，改称《乳燕飞》；后来叶梦得《贺新郎》词有"谁为我，唱金缕"句，又改称《金缕曲》。

词人自制的新曲是兼属前面两类的。从词文看，调名往往是内容的概括，是文题；从乐曲

---

[1]漏：漏壶，古计时器。

看，调名必能切合音律的意旨，又是曲题。

（3）还有一些词牌既非原来的曲名，又非词的内容概括，而是由于与这个词调的创制或有关人物、故事而得名的。例如《何满子》、《杜韦娘》、《武媚娘》（《百媚娘》）、《柳青娘》等，都是因歌者而得名的。《隔帘听》是因堂上美女隔帘听奏箜篌而得名的，《虞美人》是由项羽诀别虞姬的故事而得名的，《阮郎迷》（《阮郎归》）是因阮肇误入天台山得遇仙女的传说而得名的，《雨霖铃》是明皇闻夜雨淋铃思念贵妃而命乐工创制的等等。像《隔帘听》这类词牌，也许最初有某首词其内容曾与调名有关，但现在早已没有记载可以证明了。

（4）也有一些词牌与词调所据的乐曲有关，但又不是正式的曲名。例如，据段安节《乐府杂录》记载，《六么》（一作《绿腰》）是"录要"的"语讹"（指通假）。"录要"就是"摘取要点"的意思，"乐工进曲，上（唐德宗）令录出要者。"又如《霓裳中序第一》是姜夔改"霓裳羽衣曲"中间一段制成的，故取此名。

无论上述哪种情况，就同一词调的现存大多数词来说，词牌与词的内容都没有多少关系了。填词的人选择词调时，一般只考虑某调在格律上能否符合自己创作的需要，很少考虑词调原有名称是否适合于所写的内容，甚至不去考虑乐曲音律和要表现的内容是否贴切。乐曲散佚后，更只是依样画葫芦，词牌只不过标示词人是按照哪个词调填的词而已。因此就常出现这种情况：同一词调的词，既有内容十分凄婉的，也有内容非常欢愉的；既有写边塞之苦的，又有诉离情相思的。比如《渔家傲》，范仲淹用以写"千嶂里，长烟落日孤城闭"，而与范仲淹几乎同时的欧阳修却用以写"颦笑浅，双眸望月牵红线"；《念奴娇》，苏轼用以高唱"大江东去，浪淘尽千古风流人物"，李清照却用以低吟"萧条庭院，又斜风细雨重门须闭"。

为了既不改变通行的词调名称，又能标明自己创作的背景、意旨，宋代以后的词人往往在词牌下面再加词题或词序。以苏轼词为例：

念奴娇——赤壁怀古 "赤壁怀古"是词题（词旨）

阳关曲——中秋作 "中秋作"是简序（记时）

望江南——超然台作 "超然台作"是简序（记地）

水调歌头——丙辰中秋，欢饮达旦，大醉，作此篇，兼怀子由 自"丙辰"至"子由"是词序（记写词缘起）

有的词序长达一两百字，甚至几百字，像一篇文章，不但记时、记事，点明写词的背景和词的主旨，而且发表评论，陈述主张。辛弃疾《醉翁操》序，借叙述写词缘由而发泄自己不被当道者所重视的愤懑，长一百七十八字；姜夔《凄凉犯》序长一百九十一字，像一篇谈词曲犯调问题的专论，比词本身有价值得多。我们见到的最长的词序是姜夔《徵招》序，长达四百二十五字，而全词却仅九十五字。

词序无论长短，对我们理解词的思想内容都是有裨益的，读词时，应当留意。

3.同调异名和异调同名等

由于词调定名的情况比较复杂，就出现了同一个词调有几个名称，或词牌名称虽同，指的却是全不相干的两个词调的现象。

同调异名　这往往是后人不断改换词题的结果。比如《忆秦娥》，调名本是概括传为李白所作的词"箫声咽，秦娥梦断秦楼月……"词意而得的，但也有人就开首一句后三字，称作《秦楼月》；后来因苏轼《忆秦娥》词有"清光偏照双荷叶"句，又有人改称《双荷叶》；宋无名氏词有"水天摇荡蓬莱阁"句，因此后又别名《蓬莱阁》；宋张辑《忆秦娥》有"碧云暮合，有美人兮"句,乃又改称《碧云深》;宋郑文妻孙氏《忆秦娥》首句作"花深深,一钩罗袜行花阴",于是又易名《花深深》。再举几个常见而多名的词调如下:

　　忆江南——谢秋娘、梦江南、望江南、江南好

　　菩萨蛮——重叠金、子夜歌、花间意、梅花句、花溪碧、晚云烘日、巫山一片云

　　浣溪沙——小庭花、满园春、东风寒、醉樗、霜菊黄、广寒枝、试香罗、清和风、怨啼鹃

　　蝶恋花——鹊踏枝、黄金缕、卷珠帘、明月生南浦、凤栖梧、细雨吹池沼、一箩金、鱼水同欢

　　卜算子——缺月挂疏桐、百尺楼、楚天遥、眉峰碧

　　念奴娇——大江东去、酹江月、赤壁词、湖中天慢、大江西上曲、太平欢、古梅曲、湘月、淮甸春、白雪词、百字令、百字谣、无俗念、千秋岁、庆长春、杏花天、酹月

　　异调同名　往往是一调多名造成的。不同的词调各有许多调名,难免重复,于是出现名同而调异的现象。如"相见欢"又名"乌夜啼",而另有别名为"锦堂春"的"乌夜啼"一调;"菩

28

萨蛮"又名"子夜歌",而另有"子夜歌"一调；
"念奴娇"又名"千秋岁",而另有"千秋岁"一调等。

异调同形　要注意区别同调异名跟异调同形。所谓"异调同形",调是指音乐说的,形是指格律说的。有些词调,就词句看,格律基本相同,甚至完全一样,但它们所据的乐曲不同,就不能认为是同一词调的不同名称。这种情况大多出现于早期。比如《竹枝》、《杨柳枝》、《浪淘沙》、《八拍蛮》、《渭城曲》、《欸乃曲》、《采莲子》等都是七言四句,但并不是同一词调；像《竹枝》本是川东民歌,《杨柳枝》则源于隋代旧曲等。

再如《解红》、《赤枣子》、《捣练子》都是二十七字,三三七七七句式,句中平仄大致相同,但也非同调异名。在曲谱尚存时,各谱音律、节奏不同,适宜表达的感情自然也不相同,词人填词时,必然有所选择。到了后代,曲谱散失,填词人完全依据旧词字面格式填写,这些词调之间的区别就看不出来了。

一调数体　同一词调,现存各家词的字数、句式、平仄格式等略有不同,叫"一调数体",这和"异调同名"是不同的。异调同名的词,各词所据乐曲不同,而一调数体的词,其乐曲则应该

［三　词的格律］

相同。造成一调数体的原因大体是：

（1）同一词调，不同的人填写时，按照内容的要求，对词中某些句子的字数、断句的位置、押韵的方式、句中的平仄等略加变动。在乐谱尚存时，表现出来的只是唱法上有些不同，然而，离开曲谱光看词句，格式上就有了明显的区别；后来"曲谱"佚去，只依"文谱"填写，便被认为是一种异体了。比如《忆秦娥》较早的名作有传为李白的和冯延巳的两首，格式不同，比较如下：

箫声咽。　　　　　　风淅淅。
秦娥梦断秦楼月。　　夜雨连云黑。
秦楼月。　　　　　　滴滴。
年年柳色，　　　　　窗外芭蕉
灞陵伤别。　　　　　灯下客。

乐游原上清秋节。　　除非梦魂到乡国。
咸阳古道音尘绝。　　免被关山隔。
音尘绝。　　　　　　忆忆。
西风残照，　　　　　一句枕前
汉家陵阙。　　　　　争忘得。
　（传为李白作）　　　（冯延巳作）

后人填词时，你依李白词，我依冯延巳词，于是形成同调而异体。

（2）变单调为双调。例如《忆江南》，原为单调，五句二十七字，后重复一遍成为两段、十句五十四字的双调，前后段字数、句法、平仄完全相同。《何满子》（单调三十七字，双调七十四字）、《南歌子》（单调二十六字，双调五十二字）等都是这种情况。

（3）有些词调的正体跟变体相差较远。比如《三台》，韦应物所作仅二十四字，万俟雅言所作便扩展为一百七十一字，三段（称三叠），词谱仍认为是异体。再如《浪淘沙》，皇甫松所作二十八字，李煜所作五十四字。造成这种"异体"的原因可能有两种：一是原调乐曲比较简单，乐工歌者以原调音律为基础扩展成较为复杂的乐曲，就好像今人把一首短曲扩展成大型、多部的乐曲一样（《碧鸡漫志》所说某曲"乐工加减节奏"，大约就是类似的情况）。依原曲填词，词句较短；依扩展曲填词，词句就长了。一是本体跟异体本来不同调，是异调同名，而传统上却看成是同调的异体，后世编辑词谱的人便依传统算作同调。

有些词调的异体很多。如《贺新郎》，词谱列十一体，最常见的是116字与115字两体（均为两片、三十句、十二仄韵）；《满江红》，词谱列十四体，常见的有仄韵、平韵两式，91字、93

字、94字三体；《念奴娇》，词谱列十二体，常见的有前后片各十句、四仄韵，前片九句、后片十句、八仄韵，前片十句、后片十一句、九仄韵三体；《水龙吟》，词谱所列竟有二十五种异体。据《钦定词谱》，共收词调八百四十余种，两千三百多体，平均每调三体。

4.词调和字数的关系

词调是指词的腔调，亦即词所依据的乐曲。故乐曲的长短，乐句的舒促，直接影响着词的篇幅和句式结构的变化。

大体上说，词在初起时，为便于在歌楼、宴席上演唱，乐曲多短小轻快，因而词的篇幅较短。王灼《碧鸡漫志》曾经指出："李唐伶伎，取当时名士诗句入歌曲，盖常俗也。"可见词在早期因受诗的影响，句法上比较接近当时的律诗和绝句，用韵也比后代词密一些。唐五代最常见的词调像《竹枝》、《杨柳枝》与七绝无异；《生查子》、《纥那（hénuò 合诺）曲》简直就是五绝；《渔歌子》、《章台柳》、《捣练子令》等好像是把一首七言绝句中的一句减掉一字，破为两读；双调《生查子》有如五律；《木兰花》、《玉楼春》好像七律；《鹧鸪天》则像是两首七绝合为一体而第二首首句减一字。总之，直到宋初，词的格式表面上还比较接近于近体诗，很少有长过六十字（一首七律加四字）的。

北宋中叶以后，从柳永、苏轼等开始，经周邦彦、姜夔等人的发展，词调逐渐变长，很多长调词创制出来了（南唐二主词所用词调最长的一首是《破阵子》62字，而现存姜夔词八十四首，九十字以上的就有三十四首——据《白石诗词集》）；原来是短调的词也出现了许多长调的异体（如《浪淘沙》唐时形同七言绝句，五代时开始出现双调五十四字，柳永《乐章集》敷衍为三段一百三十四字的《浪淘沙慢》）。最长的《莺啼序》四段二百四十字，则出现于南宋晚期。

小令、中调、长调 从宋《草堂诗馀》开始，编词选、撰词谱的人往往依词的字数多少把词调分为小令、中调、长调三类。清毛先舒《填词名解》说："五十八字以内为小令，自五十九字始至九十字止为中调，九十一字以外者俱为长调。"这种分法虽然比较机械，但并非毫无根据。清万树曾批评他的机械，说："若以少一字为短，多一字为长，必无是理。如《七娘子》有五十八字者，有六十字者，将名之曰小令乎？抑中调乎？如《雪狮儿》有八十九字者，有九十二字者，将名之曰中调乎？抑长调乎？"（《词律·发凡》）他以介乎两类之间的异体为例批驳毛氏，

【三 词的格律】

论据很有力。但他和毛氏又有共同的缺点，就是只留意了字数的多少，而没有注意到词的音乐。小令、中调、长调（中、长调合称慢词）的分别，看来是跟乐曲有密切关系的。"小令"这个术语本身可能就源于"酒令"，唐教坊曲中不少短曲与举行酒宴时随酒行令的活动有关，如"下水船"、"荷叶杯"、"上行杯"等（据任二北说）；而长调则大多是北宋以后文人创制的新曲。可惜，我们今天除姜夔十七谱外，已难看到词乐的本来面目了。如果我们不管乐曲，仅就词的长短来论，则小令、慢词也只不过是一种大致的分类，既然如此，毛氏以字数划大类的办法未尝无可取之处。

令、引、近、慢 这是宋以后出现的与词调有关的几个术语。

有一些词牌末尾有一个"令"、"引"、"近"或"慢"字，有人说这只是由于篇幅长短不同而区分的。实际上并不尽然。请看：

十六字令（十六字）

如梦令（三十三字）

留春令（五十字）

品令（五十五字）

唐多令（六十字）

解佩令（六十七字）

六么令（九十四字）

百字令（一百字）

翠华引（二十四字）

琴调相思引（四十六字）

太常引（四十九字）

婆罗门引（七十六字）

江城梅花引（八十七字）

迷神引（九十九字）

石州引（一〇二字）

好事近（四十五字）

荔枝香近（七十六字）

祝英台近（七十七字）

早梅芳近（八十二字）

卜算子慢（八十九字）

声声慢（九十七字）

木兰花慢（一〇一字）

石州慢（一〇二字）

苏武慢（一〇七字）

从以上各调的字数，我们可以得到两点印象：

（1）令、引、近、慢的分别跟字数多少是有关系的，特别是"令"与"慢"的区别，显然与篇幅有关。因为：

①最短的令（十六字）、引（二十四字）、近

（四十五字）、慢（九十字），字数恰好是递增的，它们的平均字数也是递增的。"令"大体属于"小令"范围，"引""近"大体属于"中调"范围，"慢"则绝大多数是"长调"。

②最短的"慢"近九十字，而最长的"令"，如不算《百字令》（因为它只是《念奴娇》的别名），也只有九十四字（《六么令》）。

③拿同名的"令"与"慢"相比，显然有字数多少的区别。如《浪淘沙令》五十四字，《浪淘沙慢》一百三十四字；《木兰花令》五十六字，《木兰花慢》一百〇一字，"慢"比"令"都加长了一倍左右。

（2）但是字数多少不是唯一的区别。"令"有九十字以上的，"引"、"近"有不少是六十字以下的，也有不少长于"慢"的"引"，有的"慢"别名就叫"××引"（如《石州慢》一作《石州引》）。

有的学者指出它们的区别大约还在于音乐结构的不同，这种看法是有道理的。

"令"，上文已经说过，它的产生与宴饮中行酒令有关，这应该是一种比较接近汉族或其他民族民间乐曲的抒情短曲。

"引"，本来就是一种乐体（古琴曲有"九引"，唐教坊曲有"柘枝引"），也是一种诗体（曹植有《箜篌引》，杜甫有《丹青引》、《桃竹杖引》），词中的"引"，可能是这类歌诗乐曲的演化。

"近"，除《好事近》（这个"近"字可能是"临近"的"近"，不是词体名）以外，一般都超过七十字而少于一百字；不少中调词，词牌可加"近"字，如《丑奴儿》又称《丑奴儿近》，《早梅芳》又称《早梅芳近》等。"近"有亲昵、浅易的意思，它应该跟"令"、"引"一样与乐曲风格有关，大约是一种比小"令"稍长而又不像大多数"慢"曲那么典雅庄重的曲调。

"慢"，是舒缓的意思。几乎所有的慢词都有篇幅较长，语言节奏较为舒缓，韵脚间隔较大等特点。这表明它们所配的曲子也是比较舒缓曲折的[1]。姜夔《扬州慢》、《长亭怨慢》、《暗香》、《疏影》等慢词曲谱流传至今，杨荫浏先生曾译为今谱，唱起来便有迂回婉转、速度较缓的特点。

"令"与"慢"有字数上的关系，也有曲调上的关系。前人说"慢"常是同调"令"词的增衍。而字数的增衍也正反映了曲子的增衍。

摊破、减字及其他　与词文的增减有关的术

---

[1]有人说"韵越稀曲拍越急促"，恐怕未必如此。乐曲从来不是只在曲文用韵处才允许拖长拍的。

语还有"摊破"、"摊声"、"添字"、"促拍"、"减字"、"偷声"等。

"摊破",从全词看,往往是把原调的某些句子一破为二(破),使某些句子的字数或全首词的字数、句数略有增加(摊——展开)。例如李璟的《浣溪沙》和《摊破浣溪沙》[1]:

浣溪沙	摊破浣溪沙
风压轻云贴水飞。	手卷真珠上玉钩。
乍晴池馆燕争泥。	依前春恨锁重楼。
沈郎多病不胜衣。	风里落花谁是主?
	思悠悠。
沙上未闻鸿雁信,	青鸟不传云外信,
竹间时有鹧鸪啼。	丁香空结雨中愁。
此情唯有落花知。	回首绿波三峡暮,
	接天流。

比较起来,《摊破浣溪沙》只是把《浣溪沙》上下片的第三句分为两句(破),各增加三个字(摊)。再如《丑奴儿》(即《采桑子》)和《摊破丑奴儿》:

---

[1]据《全唐诗》。按《浣溪沙》又见《东坡全集》,明吴讷、清毛晋所辑"东坡词"均认为是苏轼作品。《摊破浣溪沙》,别本也有题作《浣沙溪》、《山花子》、《浣溪沙》、《南唐浣溪沙》者。

辛弃疾《丑奴儿》　　　赵长卿《摊破丑奴儿》

少年不识愁滋味，　　　树头红叶都飞尽，
爱上层楼。　　　　　　景物凄凉。
爱上层楼。　　　　　　秀出群芳。
为赋新词强说愁。　　　又见江梅浅淡妆。
　　　　　　　　　　　也罗，真个是可人香。

而今识尽愁滋味，　　　兰魂蕙魄应羞死，
欲说还休。　　　　　　独占风光。
欲说还休。　　　　　　梦断高堂。
却道天凉好个秋。　　　月送疏枝过女墙。
　　　　　　　　　　　也罗，真个是可人香。

比较起来，《摊破丑奴儿》只是在《丑奴儿》上
下片结尾处各加一个衬句。这种情况最能透露
"摊破"与原调音乐上的异同。

　　"摊破"也可以叫做"摊声"或"添字"。
毛滂有《摊声浣溪沙》，辛弃疾有八首《添字浣溪
沙》，格式全同于《摊破浣溪沙》。摊破也有与添
字略异的，如李清照《添字丑奴儿》便与赵长卿
《摊破丑奴儿》稍异：

　　　　窗前谁种芭蕉树？
　　　　阴满中庭。
　　　　阴满中庭。
　　　　叶叶心心。舒卷有馀情。

伤心枕上三更雨，

　　点滴凄清。

　　点滴凄清。

　　愁损离人。不惯起来听。

上下片尾句比《丑奴儿》各添二字，并破为两句，应是"摊破"正格。"添字"只是从词句的角度说的，"摊声"则是从音乐的角度说的。

　　"促拍"也是在原调基础上增加了字或句。曲不变，字多了，每字所占的拍节就少了，听起来显得急促些，故称"促拍"。如朱敦儒《促拍丑奴儿·水仙》：

　　清露湿幽香。

　　想瑶台、无语凄凉。

　　飘然欲去，

　　依然似梦，

　　云度银潢。

　　又是天风吹澹月，

　　佩丁东、携手西厢。

　　泠泠玉磬，

　　沈沈素瑟，

　　舞遍霓裳。

跟前举辛弃疾《丑奴儿》比较，不但全首多了六个字，而且句式、韵式也有了明显的变化。黄庭坚也有《促拍丑奴儿》，与朱词格式又有所不同：

> 得意许多时。
> 长醉赏月影花枝。
> 暴风狂雨年年有，
> 金笼锁定，
> 莺雏燕友，
> 不被鸡欺。
>
> 红旆转逶迤，
> 悔无计千里追随。
> 再来重绾泸南印，
> 而今目下，
> 恓惶怎向，
> 日永春迟。

上下片又各增加了一个七字句，比《丑奴儿》多出了十八个字（下片首句比朱词少二字）。黄词宋本又称《转调丑奴儿》，音乐上的变化可能更多一些。

"减字"、"偷声"都是在原调的基础上减少了字句而另成新调。从全词的字数来说是"减字"，从词与曲的配合来说是"偷声"（"偷"有"苟且、含糊"的意思，减少了字数，唱起来一字数音的地方就多了些，节拍上给人的感觉便显得舒宕、含糊一些，故而叫"偷声"）。现将《木

兰花》（也可以加"令"字）和《减字木兰花》、
《偷声木兰花》作一比较：

苏轼《木兰花令》

霜馀已失长淮阔。空听潺潺清颍咽。
佳人犹唱醉翁词，四十三年如电抹。

草头秋露流珠滑。三五盈盈还二八。
与余同是识翁人，惟有西湖波底月。

吕本中《减字木兰花》

去年今夜。同醉月明花树下。
此夜江边。月暗长堤柳暗船。

故人何处？带我离愁江外去。
来岁花前。又是今年忆昔年。

张先《偷声木兰花》

画楼浅映横塘路。流水滔滔春共去。
目送残辉。燕子双高蝶对飞。

风花将尽持杯送。往事只成清夜梦。
莫更登楼。坐想行思已是愁。

《偷声木兰花》每片第三句减掉三个字（读起来
只减一拍），《减字木兰花》除每片第三句外，第一句也减掉了三个字。两者的韵式则都由一仄韵到底（又一体上下片换韵）变为仄平交韵。

"摊破"、"减字"等与本词比较，不仅字数有增减，句式有变异，而且与音乐、唱法、词曲配合等有关，可惜词乐已佚，我们不能得其实貌了。

5.单调、双调和三叠、四叠

词有不分段的，有分两段、三段、四段的。就多数情况说，这种分段就像今天一首歌曲有几段歌词一样。不分段的词叫"单调"，分两段的叫"双调"，分三段的称"三叠"，分四段的称"四叠"。

单调的词起源最早，唐人词单调较多。单调词字数较少，韵脚较密，比较接近民歌和近体诗。常见的如《十六字令》、《调笑令》、《南歌子》、《如梦令》、《竹枝》、《忆江南》等都是。

双调又叫"双叠"，在词中最为常见。一般字数都比单调词多。双调的两段又叫"两阕（què确）"（乐曲终了叫"阕"，两阕的说法可以从侧面证明双调是同谱的两段歌词）或"两片"。旧时汉字是直行书写的，因此前一段叫上阕或上片，后一段叫下阕或下片。上下两片有字数、格式全同的,这是标准的双调。如《卜算子》：

驿外断桥边，
寂寞开无主。
已是黄昏独自愁，
更著风和雨。

无意苦争春，
一任群芳妒。
零落成泥碾作尘，
只有香如故。

（陆游）

两片不完全相同的是变式双调，如《菩萨蛮》：

平林漠漠烟如织。
寒山一带伤心碧。
暝色入高楼。
有人楼上愁。

玉阶空伫立。
宿鸟归飞急。
何处是归程。
长亭连短亭。

（传李白作）

三叠、四叠的词都是宋代以后文人的作品。这些词字数多、节奏缓、韵脚疏，一般词人较少采用。三叠的如《十二时》（130字）、《兰陵王》（130字）、《瑞龙吟》（133字）、《浪淘沙慢》（134字）、《宝鼎现》（155字）等。举一首周邦彦的《浪淘沙慢》为例（每到叶韵处分行）[1]：

晓阴重，霜雕岸草，雾隐城堞。
南陌脂车待发。
东门帐饮乍阕。
正拂面垂杨堪揽结。
掩红泪、玉手亲折。
念汉浦离鸿去何许？经时信音绝。

情切。
望中地远天阔。
向露冷风清无人处，耿耿寒漏咽。
嗟万事难忘，唯是轻别。
翠樽未竭。
凭断云，留取西楼残月。

罗带光消纹衾叠。
连环解、旧香顿歇。
怨歌永、琼壶敲尽缺。
恨春去、不与人期，弄夜色，空余满地

---

[1] 凡"△"符号为仄韵，"○"符号为平韵。下同。

45

梨花雪。
<u>△</u>

四叠的只有《莺啼序》,词长而无佳作,不举例。

6.填词者是怎样选择词调的?

不同的乐曲所表达的思想感情必然不同。一首节奏紧凑、曲调高昂、音律起伏跳跃的乐曲跟一首节奏舒缓、曲调恬穆、音律平稳庄严的乐曲,毫无疑问会引起人们不同的感受。词的乐曲也应当具有同样的功能。

最早选择词的形式来表情寄意的诗人,大多是懂得些乐理的。那时,曲子还在,他们可以吟唱品味,选择最适宜于表达自己思想感情的曲调来填;会制曲的诗人,当然更可以根据词的内容来创作新曲。

"经唐末五代之乱,乐工四散,唐代遗曲大抵灭亡"(林谦三《隋唐燕乐调研究》),留下的乐曲日益减少,而宋以后填词的人越来越多,大多数人只依前人词句格式照填下去。那么,宋以后不懂音乐的词人选择词调是否就完全是随意而为的呢? 也不。就多数词作看,词人择调还是有一定的原则的。

(1)根据唐宋人对某调的音律和感情色彩的描绘来择调。例如《何满子》,白居易说它"从头便是断肠声",元稹说它"下调哀音歌愤懑",张祜说它"一声何满子,双泪落君前",《乐府诗集》、《碧鸡漫志》对此调的来历和特色也都有过生动的记述,可见《何满子》是一支悲凉凄怨的哀曲。后世词人看到这些描述,自然一般不再用它来表达欢快的或雄壮的内容了。再如《六州歌头》,宋程大昌《演繁露》说:"《六州歌头》本鼓吹曲也,近世好事者倚其声为吊古词,音调悲壮,又以古兴亡事实文之,闻其歌,使人慷慨,良不与艳词同科。"可见它很适合表达苍凉悲壮的感情。其他如《雨霖铃》缠绵哀怨[1],《六幺》欢快爽利[2],《霓裳中序第一》"音节闲雅"[3]等,词人择调不会不加考虑。

　　然而,必须指出的是,有些词人择调并不受乐曲情调的限制。如《念奴娇》据传是为唐天宝时名歌女念奴创制的,宛转娇媚,但是苏轼却以之歌"大江东去",《六州歌头》苍凉悲壮,宋代韩元吉却以之咏桃花,写出"红粉腻,娇如醉,依朱扉"那样香软的句子。

[1]杜牧:"一曲霖铃泪数行。"元稹:"因兹弹作雨霖铃,风雨萧条鬼神泣。"王灼:"今'双调雨淋铃慢',颇极哀怨,真本曲遗声。"
[2]白居易《乐世》:"管急弦繁拍渐稠。绿腰宛转曲终头。诚知乐世声声乐,老病人听未免愁。"
[3]见姜夔《霓裳中序第一》词序。

（2）根据唐宋著名词人同一词调的大多数作品进行概括、分析，可以推知原曲适合于表达何种思想感情。例如《满江红》，宋人名作多半表达雄浑悲壮之情，如苏轼《满江红》"江汉西来"、传岳飞作《满江红》"怒发冲冠"等。辛弃疾有三十四首《满江红》存世，绝大多数表达的是一种激越苍郁的感情。即使写相思离别之情如"敲碎离愁，纱窗外，风摇翠竹"一首，也不像其他词调同类作品那样缠绵凄婉。可见这支曲子必然雄壮有力，适宜表现豪迈激昂的感情。对比起来，《鹧鸪天》就较适宜于表现细腻婉约的情调。不但李煜、晏殊、晏几道等词风秀俊的词人，就是苏轼、辛弃疾一派豪放词人，他们所作的《鹧鸪天》也与他们的《满江红》、《念奴娇》、《沁园春》等情味大不相同。辛弃疾有六十三首《鹧鸪天》存世，多数是比较细腻妩媚的，如：

> 晚日寒鸦一片愁。柳塘新绿却温柔。若教眼底无离恨，不信人间有白头。　肠已断，泪难收。相思重上小红楼。情知已被山遮断，频倚阑干不自由。

至于宋以后词人自制的曲调，只要分析最初一首词的内容、情调，就可以约略知道它适宜表现什么感情的了。

（3）根据词调格律，如句子的长短、字声的舒促、韵脚的疏密、平韵、仄韵等，有经验的人也可以大致推知原调的感情色彩。一般说来，句子较短，韵脚较密，所用的韵或急促（如入声十五、十六部等。见下节）或响亮（如阳声一、二部等）的词调，大多悲壮、激昂；反之，长句较多，用韵较疏，所用韵较为细弱或低沉的（如三部、十三部、十九部等），情调就会比较低回悲凉一些。

除此以外，根据词调所属的宫调，也可以帮助词人体会原调的情感。无论中乐、西乐，调子不同，表情风味是会有所差异的，作曲家选择调子不仅从是否适宜于演唱着眼，也必定考虑到调子的特点。元周德清《中原音韵》曾就元曲所用六宫十一调加以分析，指出"正宫，惆怅雄壮"，"小石，旖旎妩媚"，"商调，凄怆怨慕"，"角调，呜咽悠扬"，"商角，悲伤宛转"，"大石，风流蕴藉"等，但这些分析，虽对明清词人填词择调确曾起过一些作用，总嫌过于机械。

词调的长短也是填词择调可以考虑的因素。短篇宜于抒情，长篇适于铺叙，从存世词作看，一般情况正是如此。

我们今天在阅读和欣赏古人词作的时候，还须注意切不可"望牌生意"。我们前面说过，词牌的由来比较复杂，名实不符的占多数，古人择调是不受词调名称制约的。苏轼《念奴娇》"大江东去"并不娇媚；辛弃疾《沁园春》（送赵景明知县东归）写的却是秋景；他用《好事近》写"和泪唱阳关"，用《归朝欢》写"病怯残年频自卜"，那里有什么"好事"、"欢乐"？至于《千秋岁》、《寿楼春》，光看名儿似乎是祝福长寿的，其实音调悲怆，古人多用以悼亡。

在谈词调和词牌时，本来还要介绍一下有关"宫调"的知识的，但因"宫调"早已失传，本书又属普及读物，故此从略。

（二）词的用韵

押韵是我国诗歌形式美的一个重要方面，词在用韵上更是非常讲究的。

我们讲词的用韵，主要要解决两个问题：一是就全部词作说，哪些字跟哪些字可以押韵，也就是词韵的分部情况；二是就具体的词调说，韵脚是怎么样分布着的，也就是押韵的方式。总的说来：词韵分部比诗韵宽得多，而押韵的方式则比诗复杂得多。

1.词韵的分部情况

写词跟作诗不同。作诗曾经成为读书人进身的阶梯，列为科举选士的课目，有官定的韵书限制，大家都要恪守，而填词始终是文人业余的"雅事"。因此，直到词已走上自己的顶峰，也还没有一部人所公认的"词韵"出现。唐人写词，一般就用诗韵，而比诗韵略宽。五代以后，语音的实际面貌有了很大变化，再按"诗韵"填词，已经不能适应词这种比较接近口语文学体裁的要求。于是词人便参照诗韵，根据实际语音和乐曲的要求加以变通，力求使之易懂易唱。由于这些词人声律知识水平有高有低，时代和籍贯也不同，因此他们写词用韵，也就会有所差异，宽严不一，有时还不免带进一些方音土腔。

北宋末叶，朱敦儒拟过一个"应制词韵十六条"，并未得到公认。后来张辑"为'衍义'以释之"，冯取洽"重为缮录增补"，终未成为定则。元代陶宗仪"曾讥其淆混，欲为改定，而其书久佚，目亦无自考矣。"[1]可见流传并不广。元明之间，出现了一部题称"绍兴二年"（宋高宗年号，公元1132年）刻的《菉斐轩词林要韵》（《词林要韵》或《词林韵释》）。但它分平声为十九

---

[1]见《词品》卷上及《词林正韵·发凡》。

（三　词的格律）

部，次列上去声，入声分别归入平上去三声，跟宋词实际用韵情况颇有出入。据研究，这本书是元明间人的伪作，而且是曲韵不是词韵。明清两代，词韵专书逐渐增多，如沈谦《词韵略》、赵钥《词韵》、李渔《笠翁词韵》、胡文焕《会文堂词韵》、许昂霄《词韵考略》、吴烺《学宋斋词韵》、叶申芗《天籁轩词韵》等，水平高低不一，韵部分合也不尽一致，影响都不大。直到出现了仲恒的《词韵》和戈载的《词林正韵》，才算有了一个比较公认的词韵规范。

这类韵书的编制，大体上都是以唐五代宋人的词作为依据，将它们的韵字分类排比进行归纳，再按多数人用韵情况斟酌增减而编辑成书的。(《词林正韵》说自己编辑的原则是："取古人之名词参酌而审定之"，可为代表）词韵既然是后人对前代（主要是宋代）词人用韵情况的归纳，是带有研究性质的东西，便受着编写者本人音韵知识、审音能力的制约，结论当然不可能完全一致。

仲恒和戈载的词韵都是以沈谦的《词韵略》为蓝本改编而成的。他们分词韵为十九部：平上去合部，分十四部，入声单立，分五部。下面我们把这十九部列成表格，各部之下列出它所包括的《广韵》韵部，并拟出各部的近似音值，同时

列出对应的诗韵（平水韵）、曲韵以相比较；表末
附以必要的说明，以供参考。

词韵韵部及其与广韵、诗韵、曲韵对照表

词韵韵部	广韵韵部	诗韵韵部	曲韵韵部
	平上去入	平上去入	

词韵韵部	广韵韵部	诗韵韵部	曲韵韵部
第一部 ung	东董送 冬〇宋 锺肿用	东董送 冬肿宋	东锺
第二部 ang	江讲绛 阳养漾 唐荡宕	江讲绛 阳养漾	江阳
第三部 i_ì ei	支纸寘 脂旨至 之止志	支纸寘	支思
	微尾未 齐荠霁 〇〇祭	微尾未 齐荠霁	齐微
	灰贿队 〇〇废 〇〇泰 _{（合）}	灰贿队	（皆来）
第四部 u iu	鱼语御 虞麌遇 模姥暮	鱼语御 虞麌遇	鱼模

53

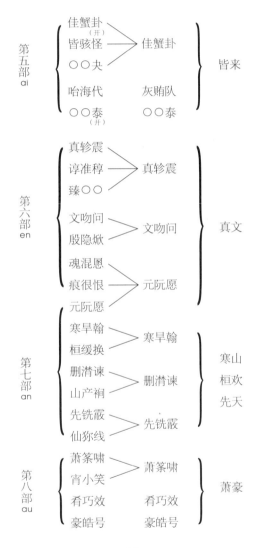

第五部
ai

第六部
en

第七部
an

第八部
au

佳蟹卦
（开）
皆骇怪
○○夬

哈海代
○○泰
（开）

真轸震
谆准稕
臻○○

文吻问
殷隐焮

魂混恩
痕很恨

元阮愿

寒旱翰
桓缓换

删潸谏
山产裥

先铣霰
仙狝线

萧筱啸
宵小笑
看巧效
豪皓号

佳蟹卦

灰贿队
○○泰

真轸震

文吻问

元阮愿

寒旱翰

删潸谏

先铣霰

萧筱啸

看巧效
豪皓号

皆来

真文

寒山
桓欢
先天

萧豪

【读词入门】

54

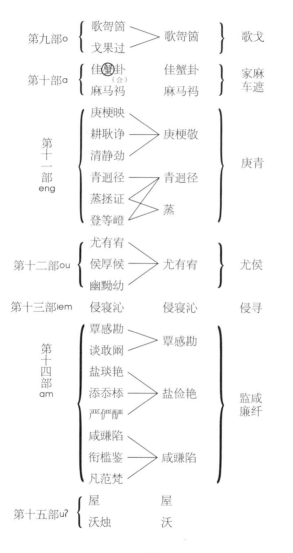

第九部o 　歌哿箇
　　　　戈果过 　　　　→ 歌哿箇 　}　歌戈

第十部a 　佳蟹卦(合) 　佳蟹卦 　}　家麻
　　　　麻马祃 　　　　麻马祃 　　　　车遮

第十一部eng 　庚梗映
　　　　耕耿诤 　　→ 庚梗敬
　　　　清静劲
　　　　青迥径 　　　 青迥径
　　　　蒸拯证 　}　庚青
　　　　登等嶝 　　　 蒸

第十二部ou 　尤有宥
　　　　侯厚候 　　→ 尤有宥 　}　尤侯
　　　　幽黝幼

第十三部iem 　侵寝沁 　侵寝沁 　侵寻

第十四部am 　覃感勘
　　　　谈敢阚 　　→ 覃感勘
　　　　盐琰艳
　　　　添忝桥 　　→ 盐俭艳
　　　　严俨酽 　}　监咸
　　　　咸豏陷 　　　 廉纤
　　　　衔槛鉴 　　→ 咸豏陷
　　　　凡范梵

第十五部uʔ 　屋 　　屋
　　　　沃烛 　　沃

第十六部 ɔʔ { 觉 / 药铎 }　　觉 / 药

第十七部 eʔ { 质术栉 / 陌麦昔 / 锡职德 / 缉 }　　质 / 陌 / 锡职 / 缉

第十八部 əʔ { 物迄 / 月没 / 曷末 / 黠鎋 / 屑薛 / 叶帖业 }　　物 / 月 / 曷 / 黠 / 屑 / 叶

第十九部 aʔ { 合盍 / 洽狎乏 }　　合 / 洽

说明：

①近人吴梅分入声为八部（即十五屋、沃、烛，十六觉药铎，十七质栉迄昔锡职德缉，十八术物，十九陌麦，二十没曷末，二十一月黠鎋屑薛叶帖，二十二合盍洽狎业乏）。连平上去十四部共二十二部，亦有一定影响。

②曲韵无入声，入声分别派入阴声韵（无鼻音尾韵）平上去三声。

③本表以词韵为主体，广韵、诗韵韵部均未尽依原次。

④拟音除十六部（ɔʔ）十八部（əʔ）外，尽量用拼音方案所用字母，因而不尽准确。ə是央元音；ɔ是比 o 开的后元音；ʔ是喉塞音，词韵入声 b.d.g 三尾各韵混杂，韵尾应已成喉塞。（十五、十六部也可能还留 K 尾）

从这个表可以看到词用韵比诗韵宽得多。有几点特别突出的是：

（1）没有辅音韵尾的韵（阴声韵），只要主要元音相同或相近，就可以押韵，有些甚至比曲韵还宽。例如第三部就包括了曲韵的"支思"与"齐微"（还有"皆来"的一部分）。

（2）有鼻音韵尾的韵（阳声韵），虽然还分为三类（–m、–n、–ng），但凡是诗韵各部主要元音接近，韵尾相同的都合并了（如东、冬合一，江、阳合一，真、文、痕合一，元、寒、删、先合一，庚、青、蒸合一，覃、盐、咸合一等），这种鼻尾韵依主元音性质整齐分列的现象，说明至迟到宋代实际语音已经跟"广韵系统"离得很远，而更接近近代北方音系了。如果再考核词人实际用韵情况，还可以更宽些。像晏幾道《采桑子》"心期昨夜寻思遍"六部与十三部通押（勤、金、真）；周邦彦《齐天乐》"绿芜雕尽台城路"七部与十四部通押（上片，晚、剪、掩、簟、卷）；辛弃疾《蝶恋花》（戊申元日立春）六部与十一部通押（胜、鬓、省、恨、问、近、定、准）。似乎三种不同鼻尾的韵都能混用了。这可能是受方音影响之故[1]。

（3）入声几乎已不能分别 b、d、g 三尾，这一点更值得注意，它是向"入派三声"跨出的很大一步。吴梅以为入声分五部太宽，实际用韵还有更宽的。如晏幾道《六么令》"绿阴春尽"十六部与十九部通押（下片，答、狎、霎、蜡、角）；辛弃疾《满江红》"笳鼓归来"十七部与十八部通押（上片，入、葛、泣、急）等。

近代写词的人，基本上仍依照这十九部来押韵。以毛泽东同志词为例，《蝶恋花》（从汀州向长沙）用药韵六（恶、缚、略、跃、鄂、落），觉韵一（角），烛韵一（曲），其中十六部与十五部通押；《水调歌头》（游泳）用鱼韵三（鱼、舒、余），虞韵二（夫、殊），模韵三（图、途、湖），全部符合词韵第四部。

2.词的押韵方式

（1）从韵脚在句子里的位置看，词跟诗一

[1]鲁国尧有《山东词人用韵考》和《四川词人用韵考》，可参考。

样，以句末用韵为常例。但是诗，特别是近体诗，不论五言或七言，一般每句都可表达一个比较完整的意思；而词却不尽然。词句有长有短，有时意思上完整的一个句子在格律上却被分为数句，这就产生了韵在句中的现象。主要有两种：

一是韵在逗断处，或者说用在意思上未成句而格律上已成"句"的地方。比如辛弃疾的《木兰花慢》："征衫，便好去朝天，玉殿正思贤"的"衫"字。《霜天晓角》："吴头楚尾，一棹人千里"的"尾"字等。这种用法较多，可视为正格之一。

一是韵在句中非正规停顿处，甚至一句之中各词语之间互相押韵。如周邦彦《兰陵王》："登临望故国，谁识京华倦客？长亭路，年去岁来，应折柔条过千尺。""识"字句中入韵。有的词谱在"识"字后逗断，其实从意思上说这里是断不开的，何况其他作者的《兰陵王》这里也不一定入韵。（比如辛弃疾有两首《兰陵王》，此句作"寻思前事错，恼杀晨猿夜鹤。""郑人缓也泣，吾父攻儒助墨。""杀"、"父"均不韵）再如苏轼《醉翁操》："琅然清圜谁弹？响空山无言。惟翁醉中知其天。""然"、"圜"、"山"都是句中韵。也有人因入韵而把它们逗断的，但如像辛弃疾《醉翁操》："长松之风如公。肯余从山中。"若不是一定要迁就韵字，"之"、"如"、"山中"之前是无论如何也不应逗断的。

（2）从韵脚与韵部的关系看，词的情况比较复杂，有一韵到底的，也有中间换韵的。

①一韵到底。我们所谓的一韵到底，指的是通首词的韵脚都属于词韵十九部中的某一部。

由于前十四部内部又分平上去三声，于是就这几部来说又有平上去分押与平上去混押的各种情况。

a. 有些词调通首限用平声韵。常见的如：

十六字令	渔歌子	忆江南
捣练子	浪淘沙（双调）	浣溪沙
采桑子	何满子	少年游
临江仙	鹧鸪天	破阵子
风入松	满庭芳	水调歌头
八声甘州	沁园春	六州歌头

b. 有些词调通首限用仄声韵。常见的如：

如梦令	迎春乐	木兰花
鹊桥仙	踏莎行	钗头凤
蝶恋花	渔家傲	苏幕遮
水龙吟	齐天乐	念奴娇
永遇乐	摸鱼儿	雨霖铃
生查子	卜算子	贺新郎

c. 有的词调可平可仄。常见的如：

江城子　　南歌子　　忆秦娥

声声慢　　满江红　　柳梢青

一个词调用平韵还是用仄韵本来是根据乐曲的特点而定的，开始时一般都有定格。但并非绝对不可改变。特别是平声各部跟与之同一主要元音的入声各部，由于当时实际读音入声可能只保留了一个喉塞尾（如同今天江浙人的入声读法），听起来入声只不过比平声短促一些，一般不影响歌唱，所以上举各调几乎都是可平可入的。例如《满江红》本以押入声韵为常格，姜夔却认为"旧调用仄韵，多不协律"，他"以平韵《满江红》为迎送神曲……则协律矣"（见《白石道人歌曲》卷三《满江红·序》）。

d. 同一韵部而平上去交错押韵或混杂押韵。

同部的平上去声字有规律地交错相押，往往是词调本身的定格。把这种情况看作是交错韵、换韵亦无不可。例如《西江月》，八句六韵，以同部平、平、仄（上或去）、平、平、仄（上或去）交错相押：

照野弥弥浅浪，横空隐隐层霄。障泥未解玉骢骄。我欲醉眠芳草。　　可惜一溪风月，莫教踏碎琼瑶。解鞍欹枕绿杨桥。杜宇一声春晓。

苏轼《西江月》（八部平上通押）

61

明月别枝惊鹊，清风半夜鸣蝉。稻花香里说丰年。听取蛙声一片。　　七八个星天外，两三点雨山前。旧时茅店社林边。路转溪桥忽见。

辛弃疾《西江月》（七部平去通押）

　　同部的平上去声无规律地混押，则是词人为了不以词害义而采取的临时措施，没有一定的格式。他们抛开了声调的限制，扩大了选用韵字的范围，一旦取得成功，为社会公认后，该词调就往往反会以混押式作为正格。像《醉翁操》本是古琴曲，苏轼开始用它填了"琅然清圜谁弹"一词，通首用平声第七部韵，仅下片第二韵用了一个同部的去声字。这首词一出现便因其音律和美而广为传布，结果成为定格，其他人也于下片第二韵换用同部去声字。

　　平上去混押，以上与去相押比较普遍。一般说，除了特别规定的词调外[1]，一般上去混押都是格律所允许的。举第四部为例：晚唐温庭筠（太原人）其《菩萨蛮》："南园满地堆轻絮。愁闻一霎清明雨。"絮（去声御韵）、雨（上声麌韵）混狎；五代冯延巳（江苏江都人）其《蝶

[1]《词林正韵》："黄钟商之《秋霄吟》，林钟商之《清商怨》，无射商之《鱼游春水》，宜单押上声。仙吕调之《玉楼春》，中吕调之《菊花新》，双调之《翠楼吟》，宜单押去声。"

恋花》："泪眼问花花不语。乱红飞过秋千去。"
语（上声语韵）、去（去声御韵）混押；北宋苏轼
（四川眉山人）其《青玉案》："常记高人右丞
句。作个归期天定许。"句（去声御韵）、许（上
声语韵）混押；南宋辛弃疾，山东历城（济南）
人，其《摸鱼儿》："怨春不语。算只有殷勤，画
檐珠网，尽日惹飞絮。"语、絮混押。可见上去混
押是普遍现象，一般不受时间和地域的限制。中
古上声与去声调性接近，宋代浊上已逐渐跟去声
合流，上去声混押是很自然的。上去韵很多部的
字数较少，严格分用也不利于内容的表达。

　　平声韵与上去声韵混押，则是比较特殊的
现象。唐代民间词曲已有平上去通押的。例如
《云谣集杂曲子》中的《喜秋天》，以多（平声歌
韵）、过（去声过韵）、坐（上声果韵）押韵，就
是第九部平上去混押。宋以后，这种现象逐渐增
多，《词律·发凡》曾举出过不少平上去通押的例
子，如黄庭坚《鼓笛令》以平声"婆"、"磨"押
上声"我"，去声"过"；苏轼《曲玉管》以平声
"山"、"仙"押上声"浅"，去声"汉"等。有些
词通首以同部平上去混押，如《水调歌头》、《哨
遍》、《六州歌头》（另一体）等；辛弃疾三首
《哨遍》都是平上去混押的，而且何处用平，何
处用上、去并无规则。比较其中两首的上片即可

知：

　　一壑自专，五柳笑人，晚乃归田里（上）。问谁知、几者动之微（平）。望飞鸿、冥冥天际（去）。论妙理（上）。浊醪正堪长醉，从今自酿躬耕米（上）。嗟美恶难齐，盈虚如代，天耶何必人知（平）！试回头五十九年非（平）。似梦里欢娱觉来悲（平）。夔乃怜蚿，穀亦亡羊，算来何异（去）！

　　池上主人，人适忘鱼，鱼适还忘水（上）。洋洋乎、翠藻青萍里（上）。想鱼今、无便于此（上）。尝试思（平）：庄周正谈两事，一明豕虱一羊蚁（上）。说蚁慕于膻，于蚁弃知，又说于羊弃意（去）。甚虱焚于豕独忘之（平）。却骤说于鱼为得计（去）。千古遗文，我不知言，以我非子（上）。

平上去混押而又有意地安排调配得当，有时会比单用一声，音调更觉铿锵。贺铸有一首《六州歌头》：

　　少年侠气，交结五都雄（平）。肝胆洞（去）。毛发耸（上）。立谈中（平）。死生同（平）。一诺千金重（上）。推翘勇（上）。矜豪纵（去）。轻盖拥（上）。联飞鞚（去）。斗城东（平）。轰饮酒垆，春色浮寒瓮（去）。吸海垂虹（平）。闲呼鹰嗾犬，白羽摘雕弓（平）。狡穴俄空（平）。乐匆匆（平）。　似黄粱梦（去）。辞丹凤（去）。明月共（去）。漾孤蓬（平）。官冗从（去）。怀倥偬（上）。落尘笼（平）。簿书丛（平）。鹖弁如云众（去）。供粗用（去）。忽奇功（平）。笳鼓动（上）。渔阳弄（去）。思悲翁（平）。不请长缨，系取天骄种（上）。剑吼西风（平）。恨登山临水，手寄七弦桐（平）。目送归鸿（平）。

　　全首三十四韵，全用第一部字，平上去比较规则地混杂交替，构成相当华美的音律节奏，读起来使人感到十分谐和。

　　当然，平与上去混押不如上去混押和协，大多数词人在这方面要求还是比较严的。

　　e. 一字韵。通首词用同一个字作韵脚，这是很特殊的用韵方式。夏承焘先生说："通首以同字叶，即等于无韵。"若从用韵的通例说，确乎如此。但是，一则从歌唱的角度说，叶同字仍然胜过不叶韵，再则采用这种叶法往往是由于作者有意要造成特殊的趣味和效果而采取的手段。因此，只要内容切合，表达适当，同字韵反而比异字韵艺术性更强。如：

莫炼丹难。黄河可塞，金可成难。休辟
谷难，吸风饮露，长忍饥难。　劝君莫远
游难。何处有西王母难？休采药难。人沉下
土，我上天难。

（辛弃疾《柳梢青》）

通首八个"难"字。"难"在词里既是语气
词，相当于今天说的"哪"、"啰"之类，同时又
含有"困难"、"难以实现"的实义。作者有小序
说："辛酉生日前两日，梦一道士话长年之术，梦
中痛以理折之，觉而赋八难之词。"显然，作者此
词所记便是"梦中痛以理折之"的理。作者反对
求仙炼丹之术，每举一事便以"难"字作结，显
得风趣而有力。好像在说：

劝君莫炼丹。成仙难哪！黄河可塞，金
可成吗？难哪！劝君休辟谷。成仙难哪！求
仙要吸风饮露长忍饥，难哪！劝君莫远游。
成仙难哪！何处有西王母？成仙难哪！劝君
休采药。成仙难啊！真能人沉下土，我上天
吗？难哪！

再如黄庭坚的《瑞鹤仙》，通首以"也"字
为韵，造成强烈的散文味儿，以适应隐括欧阳修
《醉翁亭记》内容的需要。如果没有内容上的需
要而纯粹模仿前人格式，用同字押韵，就很难成
为好作品了。

【读词入门】

和一字韵相类似的，还有所谓"福唐独木桥体"，同字韵与换字韵交错，看来是一种民歌的体制。黄庭坚的《阮郎归》（茶词）是此体的代表作。

　　　　烹茶留客驻金鞍。月斜窗外山。别郎容易见郎难。有人愁远山。　　归去后，忆前欢。画屏金博山。一杯春露莫留残。与郎扶玉山。

　　还有一种被称为"长尾韵"的格式，韵脚放在各句倒数第二字处，后面再加一个语气词。辛弃疾仿楚辞《招魂》的格式，写过一首《水龙吟》（用些语再题瓢泉，歌以饮客，声韵甚谐，客皆为之醺），是此体的代表。

　　　　听兮清佩琼瑶些。明兮镜秋毫些。君无去此，流昏涨腻，生蓬蒿些。虎豹甘人，渴而饮汝，宁猿猱些。大而流江海，覆舟如芥，君无助狂涛些。　　路险兮山高些。愧余独处无聊些。冬槽春盎，归来为我制松醪些。其外芳芬，团龙片凤，煮云膏些。古人兮既往，嗟予之乐，乐箪瓢些。

用第八部字为韵，各韵后加一语气词"些（suǒ所）"字。这类格式的词作甚少，比较同调正格，这种格式估计只能存于字面上，不大能够演唱。

　　②中间换韵。同一首词用几个韵部的字有规律地间错押韵，不但能使词的韵味丰富，而且往

往能比较自然地划分段落——每换一次韵，意思上便可以有一个转折、变化、升华。

一词数韵的词调是很多的，常见的有《菩萨蛮》、《调笑令》、《更漏子》、《清平乐》、《河传》、《虞美人》、《诉衷情》、《定风波》、《减字木兰花》等。

一词多韵大都是平、仄韵互相间错（上片一韵、下片一韵，一平一仄者属此），既较少有仅用几部平韵轮换或仅用几部仄韵轮换的，也很少有先连续用几部平韵然后再连续用几部仄韵而不互相间杂的。因为平仄韵间换可以造成声调舒促交错、长短有秩的节奏感，增强艺术效果。

词调换韵的格式多种多样。最简单的是上下片分别用一平韵一仄韵。如《清平乐》：

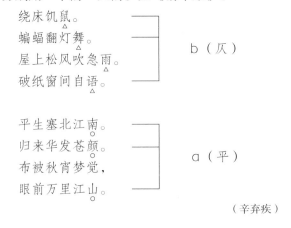

绕床饥鼠。
蝙蝠翻灯舞。
屋上松风吹急雨。
破纸窗间自语。

b（仄）

平生塞北江南。
归来华发苍颜。
布被秋宵梦觉，
眼前万里江山。

a（平）

（辛弃疾）

稍为复杂的是几个平韵与几个仄韵递相押韵。如《菩萨蛮》：

人人尽说江南好。⌐
游人只合江南老。⌐ b（仄，上）

春水碧于天。⌐
画船听雨眠。⌐ a₁（平）

炉边人似月。⌐
皓腕凝霜雪。⌐ d（仄，入）

未老莫还乡。⌐
还乡须断肠。⌐ a₂（平）

（韦庄）

更为复杂的则是平仄几部交错套迭着押韵。例如：

一点露珠凝冷。⌐
波影。⌐ b（仄，上）

满池塘。⌐ a（平）

绿茎红艳两相乱。⌐
肠断。⌐ c（仄，去）
水风凉。⌐

（温庭筠《荷叶杯》）

草草离亭鞍马，

69

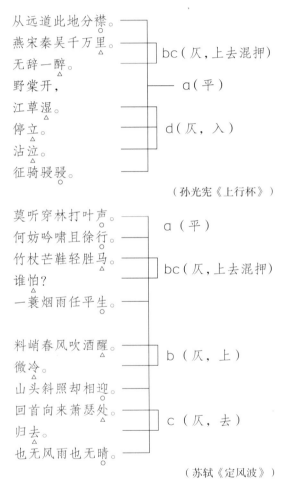

从远道此地分襟。○

燕宋秦吴千万里。△

无辞一醉。△

bc（仄，上去混押）

野棠开，

a（平）

江草湿。△

停立。△

沾泣。△

d（仄，入）

征骑骎骎。○

（孙光宪《上行杯》）

莫听穿林打叶声。○

何妨吟啸且徐行。○

a（平）

竹杖芒鞋轻胜马。△

谁怕？△

bc（仄，上去混押）

一蓑烟雨任平生。○

料峭春风吹酒醒。△

微冷。△

b（仄，上）

山头斜照却相迎。○

回首向来萧瑟处。△

归去。△

c（仄，去）

也无风雨也无晴。○

（苏轼《定风波》）

最后说一说平上去声韵跟入声韵通押的现
象。这种情形，在唐诗中还没有出现过，词中虽有，也是特殊现象，但起源还是比较早的。敦煌曲子词中已有上去韵与入声韵通押的例子。《云谣集杂曲子》中《鱼歌子》"洞房深"以悄（上声小韵）、窠（入声铎韵）、咬（上声巧韵）、笑（去声笑韵）为韵，第八部与第十六部通押；《喜秋天》"芳林玉露催"以触（入声烛韵）、促（烛韵）、菊（入声屋韵）、足（烛韵）、土（上声姥韵）为韵，第十五部与第四部通押。这种现象在宋人的作品中也出现过。如辛弃疾《贺新郎》"柳暗凌波路"以路（去声暮韵）与绿（入声烛韵）相押；《定风波》"金印累累佩陆离"以夜（去声祃韵）、与热（入声薛韵）相押等。这种情况只发生在阴声韵（无鼻音、塞音韵尾的韵母）与入声韵部之间，因为主要元音相同或相近的阴声韵与入声韵听起来除了一舒一促之外，差别不算很大，因此不妨通押。但当时这种通押现象之所以还不很多见，可能是受着诗韵和习惯力量约束的缘故，如果完全不受约束，平上去与入通押的现象可能还会多一些。

（3）从韵与韵的间隔看，有两点值得注意：

①韵脚的疏密。大体上说，短调韵较密，长调韵较疏；唐五代通行词调韵密，宋以后新创词调韵疏。

短调如《菩萨蛮》、《忆王孙》、《调笑令》、

《荷叶杯》、《归国谣》、《应天长》、《虞美人》、《乌夜啼》等都是句句用韵的；《忆秦娥》、《渔歌子》、《竹枝》、《浪淘沙》、《如梦令》、《更漏子》、《浣溪沙》、《清平乐》等也只有一两个句逗不用韵。而长调如《水龙吟》一百零二字九韵，《苏武慢》一百零七字八韵，《摸鱼儿》一百十六字十一韵，最长的词《莺啼序》二百四十字仅十六韵，平均各韵间隔十四字。短调密、长调疏的现象是很明显的。

当词刚由民间进入文坛时，还保留着较多的泥土气息，所配的曲子比较轻快活泼，字数、格式跟近体诗也比较接近。这就要求词句能写得比较简洁，而且韵密，以达到易唱易记的目的。唐五代词大多属于这种情况。到了宋代柳、周以后，词渐渐成为上层文人叙事抒怀的工具，词的内容丰富了，境界扩大了，文字也愈来愈典雅。与此相应，他们创制了很多长调慢曲，韵也越来越疏。五代李珣的《河传》五十五字十二韵，平均每隔不到五个字一韵，同时人顾夐等更有另一体十三、四韵者，平均四字一韵。宋以后，《河传》便出现了五十七字、六十一字的变格，韵数减到九韵、六韵，平均七到十字一韵了。《木兰花》(《玉楼春》)是唐五代词人常用的词调，五十五或五十六字，六韵，在当时已是韵很疏的了；宋代，改制成《木兰花慢》，字数拉长到一百零一字，十二韵，辛弃疾席上送张仲固一首仅九韵。深谙乐理的姜夔所制新调，韵脚一般也较疏，如《疏影》一百一十字，仅九韵。

当然，韵的疏密与调的长短、时代的早晚的关系并不是绝对的。后代词人也有用韵很密的，同一时代，同一词调，不同词人写起来用韵的疏密也可能不同。如前举贺铸的《六州歌头》，一百四十三字，竟用了三十四韵，平均韵隔仅四字，而稍晚于他的张孝祥的同调名作"长淮望断"便只有十六韵，平均韵隔增至九个字了。

②上面说的韵脚疏密是不论一韵到底还是多韵交替的。如果单就多韵交替的情况说，则还有一个全词所用各部韵之间的间隔问题。大体上有三种情况：

a. 各韵分别集中，如：

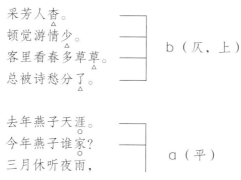

采芳人杳。
顿觉游情少。
客里看春多草草。
总被诗愁分了。
　　　　　　　b（仄，上）

去年燕子天涯。
今年燕子谁家?
三月休听夜雨，
　　　　　　　a（平）

如今不是催花。

（张炎《清平乐》）

银河宛转三千曲。
浴凫飞鹭澄波绿。　d_1（仄，入）

何处是归舟？
夕阳江上楼。　a_1（平）

天憎梅浪发。
故下封枝雪。　d_2（仄，入）

深院卷帘看。
应怜江上寒。　a_2（平）

（周邦彦《菩萨蛮》）

b. 各韵部互相交错，如：

红酥手。
黄縢酒。
满城春色宫墙柳。　b（仄，上）

东风恶。
欢情薄。
一怀愁绪，几年离索。

错！
错！
错！　d（仄，入）

春如旧。

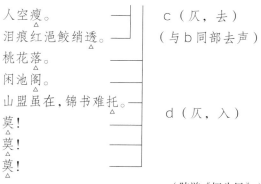

（陆游《钗头凤》）

c. 以一部韵为主，贯穿到底，中间被别的部韵（副韵）间插开来。如：

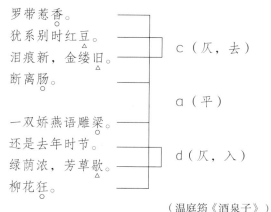

（温庭筠《酒泉子》）

这种插韵格式，用在小令中容易辨认，若用于长调便往往会被忽略，而误以为只是一韵到底。例如苏轼的《水调歌头》"明月几时有"，各句末字分别是"有○、天○、阙○、年○、去△、宇△、寒○、影○、间○；阁▲、户、眠○、恨、园○、合▲、缺▲、全○、久、娟○"。其中带○各字属词韵第七部平声，较易辨认；而"去、宇"两字属第四部去声，"合、缺"两字属第十九部入声，便易被忽略，而看成是七部韵一韵到底的格式。其实是于平韵中插入两仄韵，使音律更加丰富多采。

词的用韵本不像近体诗那么整齐、单纯；各调用韵情况固然不同，同一词调也往往因作者不同而用韵也不尽一致。词谱是后代人根据前代多数名家的作品归纳出来的，只能是"公约式"而不是"法定式"，一调数体往往就是名家变通常律的结果。但今天词律定格既然已经形成了几百年，并且已为大多数填词者所公认、共守，那么我们如果填词，还是应该基本上遵守的。

（三）句式和平仄

1.什么是平仄？

汉语是有声调的语言，声调起着区别词义的作用。声调主要表现在语音的高低升降上，同时也跟发音时间的长短有一定的关系。北京人说"妈、麻、马、骂"，"妈"音高而平，发音时间比较长，而且可以任意延长而不影响调值；

"麻"、"马"、"骂"发音就有些曲折，或渐升渐降，或先降后升，发音时间比较短，也不能任意延长。把这种高低、长短不同的声调区别有意识地用到文艺创作中去，就会造成抑扬顿挫的节奏，增强艺术性，而且易记、易诵、易唱。

自觉地运用声调于文学创作之中，始于南北朝沈约等人。《南史·沈约传》载："约撰《四声谱》……自谓入神之作。武帝雅不好焉。尝问周捨曰：'何谓四声？'捨曰：'天子圣哲'是也。"

四声是汉语固有的东西[1]，不是沈约等几个人所能"发明"的；他们只不过是在当时译讲佛经的风气中受梵语的启发而发现了四声而已。四声一经发现并用之于创作，就大大促进了我国诗歌的发展，引起了韵文格律上的"革命"。

中古四声究竟怎样读呢？文献中没有确切的材料。沈约他们给四声选择了"平、上、去、入"四个代表字作为名称（见《南史·陆厥传》），看来不是任意的。古人对四声的论述，神秘含糊，不足为据。但明代流传的一首《玉钥匙歌诀》（传为真空和尚作）说到四声读法，对我们还是很有启发的。它说"平声平道莫低昂，

---

[1]上古有无四声，从前学者众说纷纭。有主张"四声一贯"者，有主张"平入二声"或"舒促二声"者。近人则多主张上古即有四声。

上声高呼猛烈强，去声分明哀远道，入声短促急收藏。"结合四声名称，参考今天各大方言声调读法，我们推测：平声是个较高而平的调子，上声是个由低渐高的调子，去声是个低而渐降的调子，入声是个很短促的降调子；平声较长，且可以任意延长而基本上不改变其声调，上去入较短，而且音有升降，不能延长，延长后就会改变声调。这种特性，运用到韵文中，即可将每一汉字大体上区分为两大类：即平声为一类，上去入三声合并为一类，称仄声。"仄"就是倾侧不平的意思。

　　诗讲究平仄有规律地交错排列，以造成长短相间的节奏；词不但讲究平仄，有时还要求区分仄中的上、去、入。

　　关于声调，还要提到的是它跟声母的关系。汉语声母（一个音节的开头部分）从发音时声带是否颤动，可以分为两大类，不颤的叫"清音"（如普通话的ｂ、ｐ）带颤的叫"浊音"（如普通话的ｒ、ｌ）。声母是清音的音节，读起来声调就略高一些，声母是浊音的音节，读起来声调就略低一些[1]。于是四声又因声母清浊而出现八种类型：清平（又叫阴平）、浊平（又叫阳平）、清上（阴

---

[1]"浊"用在声律中本身就有"低沉一些"的含义，曾侯墓编钟铭文中，把低八度的音叫"浊×"，可为旁证。

上）、浊上（阳上）、清去（阴去）、浊去（阳去）、清入（阴入）、浊入（阳入）。这八种类型的调子今天一部分粤语地区的人们还能分别。我们所以要谈这个问题，主要因为在词盛行的宋代，实际语音中声调已经起了变化，这些变化跟清浊的关系很密切，虽然还没有发展到曲韵时的"平分阴阳、浊上变去、入派三声"[1]，但如上节所说已经出现了"平入混押"、"上去无别"等现象，这些现象都透露了声调变化的消息。

　　读词，应当懂得分辨平仄四声。对于今天说普通话的人，分辨平声与上去声是比较容易的，因为古今读法虽有变化而调类基本不变，浊上虽然并入去声，但上去皆"仄"，无大影响；难点在于分辨入声，特别是归入阴平阳平的入声，如"八、拔、发、伐、插、察、击、急"等。对于一个没有音韵学知识的人，解决的办法除了硬记之外，可以选几首用入声字作韵脚的、篇幅较长的诗词，例如杜甫的《北征》、《自京赴奉先县咏怀五百字》（仅这两首就包括了入声

---

[1]"平分阴阳"指平声分为阴平、阳平两个调类；"浊上变去"指上声的一部分（浊音声母者）并入了去声；"入派三声"指入声先丢塞音尾，又分别并入了平、上、去三声。情况大体如下：

例子	些	鞋	写	蟹	懈	邂	歇	协	血	泄
中古	清平	浊平	清上	浊上	清去	浊去	清入	浊入	清入	浊入
近现代	阴平	阳平	上		去		阴平	阳平	上	去

韵字一百二十个，去除重复也有近百字）和依律多数用入声的词调如《贺新郎》、《雨霖铃》、《疏影》等，经常背诵，记熟那些韵字。然后还可以选择其中的形声字加以类推，比如《咏怀五百字》第一个韵是"拙"（"杜陵有布衣，老大意转拙"），"拙"是以"出"表声的字。由此可推知，凡以"出"表声的字多半是入声字，于是不用死记就掌握了一大批入声字：出、绌、黜、茁、屈、窟、倔、掘、崛。这个方法，比硬记较为简捷。

2. 词句的平仄格式

　　词的句子最短的只有一个字，最长的可到十一个字，各类句子都有一定的平仄格式。我们所说的"词的句子"，是指格律上的一个较大停顿说的，可以叫作"格律句"。格律句并不一定等于意义上的一个完整的句子（意义句），它可以大于、等于、小于意义句。如果一定要意义完整才算一句，那么词句就还有长于十一个字的。

　　(1)一字句

　　一字句事实上很难成立。如果是"格律句"，则一字句非"平"即"仄"，不成节奏；如果是"意义句"，则即使在对话中，一个字也难于表达独立完整的语意，何况是写诗？词里一般被看作是一字句的大约有两种：一是独立于句外的带有感叹色彩的独词"句"，一是片末的一字重叠句。我们认为，感叹性独词"句"只有入韵者，才能被认为是一字句，否则只能算是"一字逗"。如《十六字令》的第一字，"天！休使圆蟾照客眠。"（蔡伸）又如辛弃疾三首《哨遍》，下片句首用一个感叹语（两首用"噫"，一首用"嘻"），独立于其他句外，并且入韵，可以看成是一字句。至于一字重叠句，也要符合两个条件，即：任何一字不与它句连缀而且必须入韵才能算一字句。如陆游《钗头凤》的"一怀愁绪，几年离索。错！错！错！""山盟虽在，锦书难托。莫！莫！莫！"

有时，作者根据内容要求，临时改变通常句法，造成一字句。如辛弃疾《西江月》（遣兴）下片"昨夜松边醉倒，问松：'我醉何如？'只疑松动要来扶，以手推松曰：'去！'"但这个"去"字只是"意义句"，不是"格律句"，不在此例。

比较常见的是一字逗，又称领字。即意思上必须带动下文几句才能完整。如：

念兰堂红烛，心长焰短，向人垂泪。

（晏殊《撼庭秋》）

问钱塘江上，西兴浦口，几度斜晖。

（苏轼《八声甘州》）

81

更远树斜阳，风景怎生图画。

（辛弃疾《丑奴儿》）

就平仄格式看：一字句有平（如“噫”、“嘻”）、有仄（如“莫”、“错”）；一字逗则绝大多数是仄声字，去声字尤多，上举“念、问、更”三字便都是去声。因为一字逗多半在句首；去声低降，放在句首，后面跟上平声或上声字，则先抑随即转为高调，无论朗诵、歌唱都会收到较好的效果。

(2)二字句

二字句也不多见。常用的格式是“平仄”，也有用“平平”、“仄仄”的。以入韵为常例。如：

秋暮。乱洒衰荷，颗颗真珠雨。

（柳永《甘草子》）

料峭春风吹酒醒。微冷。

（苏轼《定风波》）

如何？遣情情更多！

（孙光宪《思帝乡》）

寂寞。家山何在？雪后园林，水边楼阁。

（辛弃疾《瑞鹤仙》）

也有少数用“仄平”的。如：

几家？短墙红杏花。

（辛弃疾《河传》）

二字句有时是叠字或叠句式的。如：

盈盈。斗草蹈青。

（柳永《木兰花慢》）

知否？知否？应是绿肥红瘦。

（李清照《如梦令》）

肠断。肠断。鹧鸪夜飞失伴。

（王建《调笑令》）

(3)三字句

三字句较为常见，平仄格式大多截取五言律句后三字，即：

仄仄平平仄
仄仄仄平平
平平平仄仄
平平仄仄平

有少数作仄仄仄、仄平仄、平仄平、平平平，前三个是五律的拗句，后一个则是古诗的句法。例如：传李白作《忆秦娥》有"箫声咽"、"秦楼月"、"音尘绝"三个三字句，均作平平仄。温庭筠有《更漏子》三首，二十四个三字句，其中：十句作"平仄仄"——春雨细、惊塞雁、香雾薄、红烛背、钟鼓歇、兰露重、春欲暮、虚阁上、红蜡泪、眉翠薄，七句作"仄平平"——柳丝长、起城乌、绣帘垂、柳风斜、鬓云残、一声声、玉炉香，两句作"平平仄"——梧桐雨、三更雨，两句作"仄平仄"——透帘幕、倚阑望，其余三句"星斗稀"是"平仄平"，"一叶叶"是"仄仄仄"，"思无穷"是"平平平"。属于五律后三字的有十九句。"思无穷"句，"思"有去声（相吏切）一读，仍可算为"仄平平"式律句。

"仄仄平"句如白居易《长相思》中"汴水流"、"泗水流"、"浅画眉"与皇甫松《摘得新》中"酌一卮"、"摘得新"等均是。

豪放派词人不像婉约派、格律派词人那么讲究声律，但他们词中的三字句也大都合于律句。如张孝祥的名作《六州歌头》：

> 长淮望断，关塞莽然平。征尘暗，霜风劲，悄边声。黯销凝！追想当年事，殆天数，非人力，洙泗上，弦歌地，亦膻腥。隔水毡乡，落日牛羊下，区脱纵横。看名王宵猎，骑火一川明。笳鼓悲鸣，遣人惊。　念腰间箭，匣中剑，空埃蠹，竟何成！时易失，心徒壮，岁将零。渺神京。干羽方怀远，静烽燧，且休兵。冠盖使，纷驰骛，若为情？闻道中原遗老，常南望、翠葆霓旌。使行人到此，忠愤气填膺。有泪如倾。

二十三个三字句或三字逗，律句二十个，仅三个拗句。

(4)四字句

四字句较多，中、长调中的四字句尤为常见。平仄格式大体是截取七言律句的前四字[1]。即：

　　⊕平⊗仄仄平平

　　⊗仄平平仄仄平

如王安石的《桂枝香》：

　　登临送目。正故国晚秋，天气初肃。千里澄江似练，翠峰如簇。征帆去棹残阳里，背西风、酒旗斜矗。彩舟云淡，星河鹭起，画图难足。　　念往昔，繁华竞逐。叹门外楼头，悲恨相续。千古凭高对此，谩嗟荣辱。六朝旧事随流水，但寒烟衰草凝绿。至今商女，时时犹唱，后庭遗曲。

十三个四字句，其中⊕平⊗仄（包括仄平平仄、平平仄仄、平平平仄）占十一句，平仄平仄仅两句。

"仄仄平平"式句子，词中也常用。如苏轼《念奴娇》（赤壁怀古）词中的"故垒西边"、"乱石崩云"、"羽扇纶巾"、"故国神游"等都是。

四字句的节奏以2、2为常格，上例各四字句

---

[1]也可以认为是五律仄起式后四字或平起式前四字，即仄仄平平仄、仄仄仄平平、平平平仄仄、平平仄仄平。下引《桂枝香》仄平平仄七句，平平仄仄三句，平平平仄一句。平仄平仄式就是五律拗句平仄平仄后四字。

均为2、2节奏。也有作1、3的，如辛弃疾《沁园春》（将止酒）的"杯汝前来"、"真少恩哉"、"过则为灾"、"招则须来"等。

还有少数作1、2、1的，如史达祖《双双燕》"过春社了"。

(5)五字句

主要有两类，一类就是五言律句，而且往往比诗的平仄要求还严格——诗句第一字平仄可以不论，词则往往一成定格就不能不论。比如范仲淹著名的《苏幕遮》：

碧云天，黄叶地。秋色连波，波上寒烟翠。山映斜阳天接水。芳草无情，更在斜阳外。

黯乡魂，追旅思。夜夜除非，好梦留人睡。明月楼高休独倚。酒入愁肠，化作相思泪。

上下片句式全同，各有两个五字句，都属于五言仄起仄收式律句（仄）仄平平仄。这类句子第一字依律允许或平或仄，这首词上片第一句是平仄平平仄，其余三句是仄仄平平仄。七十年后周邦彦也有一首著名的《苏幕遮》，四个五字句——侵晓窥檐语、一一风荷举、久作长安旅、梦入芙蓉浦，平仄格式完全同于范仲淹。

另一类是用五律的变式句（拗句）。值得注

意的是诗句用变式句一般是临时措施，而在词中，只要某调较早的作者写的好词采用了某种变式句，往往就成了定格，反而不能换用一般律句了。如《祝英台近》有四个五言句，其中第三、第五、第十四三句作拗句平仄仄平仄式一般，不能改作律句仄仄平平仄式，整个宋人词作，大都如此。

五字句的节奏有同于诗句作2、3或2、2、1或2、1、2的，也有不同于诗句作1、4或1、2、2的。如：

谁会　凭栏意

（王禹偁《点绛唇》）

一缕　孤烟　细

（同上）

千里　共　婵娟

（苏轼《水调歌头》）

自　清凉无汗

（苏轼《洞仙歌》）

梦　随风　万里

（苏轼《水龙吟》）

特别是那种表面是五字句，而第一字实可逗断的（如张元幹《兰陵王》"正　年少疏狂"，"曾　驰道同载"，"甚　粉淡衣襟"），作一四节奏，更是词所特有的。

(6)六字句

在四字句上面加上两个字（仄脚的加仄仄，平脚的加平平）就成了六字句。因此六字句最常见的平仄格式是㋭仄仄平平仄、㋭仄平平仄仄、㋭仄平平平仄、㋀平㋭仄平平。例如《破阵子》有四个六字句。

四十年来家国、三千里地山河、一旦归
为臣虏、沈腰潘鬓消磨。

（李煜）

燕子来时新社、梨花落后清明、巧笑东
邻女伴、采桑径里逢迎。

（晏殊）

《西江月》通首八句，有六个六字句。

满载一船明月，平铺千里秋江。波神留
我看斜阳。唤起鳞鳞细浪。　明月风回更
好，今朝露宿何妨？水晶宫里奏霓裳。准拟
岳阳楼上。

（张孝祥）

明月别枝惊鹊，清风半夜鸣蝉。稻花香
里说丰年。听取蛙声一片。　七八个星天
外，两三点雨山前。旧时茅店社林边。路转
溪桥忽见。

（辛弃疾）

所举两调四首词共二十个六字句，全部符合

上述六字句平仄格式正格,只是个别句子的第一或第三个字平仄略有变化,这也是格律所允许的。

六字句的意义节奏以二、二、二(包括二、四或四、二)为常,像前举《西江月》、《破阵子》各例均如此。也有作三、三的,如《青玉案》上片第二句、《水龙吟》上片末句都是六字句,很多作者作三、三节奏。

但目送——芳尘去。

(贺铸《青玉案》)

更吹落——星如雨。

(辛弃疾《青玉案》)

怎忍见——双飞燕。

(无名氏《青玉案》)

知辜负——秋多少。

(苏轼《水龙吟》)

无人会——登临意。

(辛弃疾《水龙吟》)

山中路——无人到。

(王沂孙《水龙吟》)

(7)七字句

七字句也有律句和非律句两类。非律句一般是拗句。

词用律句往往比近体诗还要严格,诗还可以"一、三、五不论",词则往往要论。例如常见的词调《蝶恋花》，共十句，六个七字句（上下片一、四、五句）都是律句，依次为仄仄平平平仄仄、仄仄平平平仄仄、平平仄仄平平仄（下片同），胡云翼《宋词选》选晏殊、欧阳修（"庭院深深"一首，又作冯延巳作）、柳永、苏轼、周邦彦、朱淑贞等六家各一首，三十六个七字句无一句出律。辛弃疾存世《蝶恋花》十二首，七十二个七字句，同样也无一句出律；有三句句中有专名的"自要溪堂韩作记"、"身在稼轩安稳处"、"唤起湘纍歌未了"，也不出律，可见用字之严。举苏轼的《蝶恋花》一首为例：

> 花褪残红青杏小。燕子飞时，绿水人家绕。枝上柳绵吹又少。天涯何处无芳草。　墙里秋千墙外道。墙外行人，墙里佳人笑。笑渐不闻声渐杳。多情却被无情恼。

非律句的甚少，如：

> 今年对花太匆匆

（周邦彦《花犯》）

> 罗袜生尘凌波去

（辛弃疾《贺新郎》）

值得注意的是七言词句的节奏。七言诗句，节奏一般是四、三（二二二一或二二一二），七言词句除此之外还有作三、四，一、六，一、二、四的。如：

甚矣吾衰矣。怅平生、交游零落，只今
馀几！白发——空垂——三千丈，一笑人间
万事。问——何物——能令公喜？我见——
青山——多妩媚，料青山、见我应如是。
情与貌，略相似。　　　一尊——搔首——东
窗里。想渊明、停云诗就，此时风味。江
左——沉酣——求名者，岂识浊醪妙理。回
首叫、云飞风起。不恨——古人吾不见，恨
古人、不见吾狂耳。知我者，二三子。

（辛弃疾《贺新郎》）

(8)八字以上的句式

八个字以上的句子，从平仄和节奏来看，大
多数可以说是两个七字以下的句子的复合，这种
复合是音乐和意义的要求造成的。

①八字句最常见的是上三下五的复合。如：

更那堪——冷落清秋节。

（柳永《雨霖铃》）

误几回——天际识归舟。

（柳永《八声甘州》）

但屈指——西风几时来。

（苏轼《洞仙歌》）

想小楼——终日望归舟。

（张元幹《满江红》）

正人间——鼻息鸣鼍鼓。

也有上一下七、上二下六、上四下四的：

对——潇潇暮雨洒江天。
△　　○○ △ ○ △ ○○

（柳永《八声甘州》）

况——人情老易悲难数。
△　　○○ △ △ ○ △ △

（张元幹《贺新郎》）

免使——年少光阴虚过。
△ △　　○ △ ○○ △ △

（柳永《定风波》）

便欲乘风——翻然归去。
△ △ ○○　　○○ △ △

（苏轼《念奴娇》）

②九字句以上三下六的复合较多。如：

待他年——整顿乾坤事了。
△ ○○　　△ △ ○○ △ △

（辛弃疾《水龙吟》）

念此际——付与何人心事。
△ △ △　　△ △ ○○ ○ △

（陆游《双头莲》）

谈笑间——樯橹灰飞烟灭。
○ △ ○　　○ △ ○○ ○ △

（苏轼《念奴娇》）

又不道——流年暗中偷换。
△ △ △　　○○ △ ○ ○ △

（苏轼《洞仙歌》）

向鸡窗——只与蛮笺象管。
△ ○○　　△ △ ○○ △ △

（柳永《定风波》）

也有上四下五、上六下三、上五下四的：

那人却在——灯火阑珊处。
△ ○ △ △　　○ △ ○○ △

（辛弃疾《青玉案》）

细草软溪沙路——马蹄轻。
（苏轼《南柯子》）

见长空万里——云无留迹。
（苏轼《念奴娇》）

上六下三稍变则成上二下七：

恰似——一江春水向东流。
（李煜《虞美人》）

只有——多情流水伴人行。
（苏轼《南柯子》）

上五下四稍变则成一四四：

奈——春风多事——吹花摇柳。
（史达祖《瑞鹤仙》）

或二三四：

多情——应笑我——早生华发。
（苏轼《念奴娇》）

③十字句比较少，一般是上三下七的复合：

惨离怀——空恨岁晚归期阻。
（柳永《夜半乐》）

这次第——怎一个愁字了得。
（李清照《声声慢》）

见说道——天涯芳草无归路。
（辛弃疾《摸鱼儿》）

辛弃疾《粉蝶儿》（和赵晋臣敷文赋落梅）
两阕八句，四个十字句，格式为：

　　　昨日——春如十三（——）女儿学绣。一枝枝不教花瘦。甚无情——便下得（——）雨僝风僽？向园林、铺作地衣红绉。　　而今——春似轻薄（——）荡子难久。记前时送春归后。把春波——都酿作（——）一江醇酎。约清愁、杨柳岸边相候。〔——节奏、意义均断，（——）节奏断，意义不断〕

其中两句二、八（四、四），两句三、七（三、四）。

　　④十一字句也较少[1]。有的是上六下五，有的是上四下七：

　　　不知天上宫阙——今夕是何年？

（苏轼《水调歌头》）

　　　去年明月——依旧还照我登楼。

（张孝祥《水调歌头》）

───────────

[1]一般词谱和讲词律的著作都认为十一字句是词中最长的句子，而且只有《水调歌头》一谱使用。但是，如果我们稍许冲破词谱的定规，而从意义、节奏的连续（或不可分割）性着眼考虑问题，那么十一字句就不只某个词调有，而且十一字以上的句子也是可以找到的。如辛弃疾《哨遍》："大方达观之家未免长见悠然笑耳"竟长达十四个字，一气呵成，不可分割。一般词谱依律断句在"未免"后面，割裂状语跟谓语，从语法上说，实在是说不通的。

94

3. 词字跟四声的关系

我们在本节开头说过:"词不但讲究平仄,有时还要求区分仄中的上、去、入。"因为词是配乐的,词调舒促抑扬,不断变化,如果与四声的长短升降配合得当,就能增强文字表情达意的效果;若不严格区别,字调的变化也就适应不了曲调的变化,有时甚至会妨碍意思的表达。我们今天唱歌,有时会感到由于字调跟曲调相差太远(如一个阳平字配了一个下滑的音,唱起来就成了去声字),因而咬不准字。《词律·发凡》说:"不可遇仄而以三声概填。盖一调之中,可概者十之六七,不可概者十之三四,须斟酌而后下字,方得无疵。"也就是这个意思。

唐五代时,对词的声调,要求较宽。词基本上跟诗一样,还只要求平仄符合,而不大讲究上、去、入的分别,因此,除韵脚外,仄声中平、上去多数可以通用。宋以后,一些深谙乐理的词人,有感于字调与曲调配合的重要,便渐渐注意到三类仄声字的区别。但是,他们由于过分强调了字调的分辨,有时也会妨碍词句思想感情的表达[1]。因此,对于通行词调,大多数词人实

[三 词的格律]

---

[1] 如张炎《词源》中记其父张枢填《瑞鹤仙》词,为求四声和协,改"粉蝶儿扑定花心不去"的"扑"(入声)为"守"(上声)字,原来的动态全无。

际上仍然只求分别平仄，而仅在某些关键之处，才讲究一下仄声中的上去入三声之分别。

四声分辨比较严格而又为多数词人所共守的地方主要有三：词的煞尾处、一字逗和词律规定的拗句。

万树《词律·发凡》说："若上去互易，则调不振起，便成落腔。尾句尤为吃紧。如《永遇乐》之'尚能饭否'，《瑞鹤仙》之'又成瘦损'，'尚'、'又'必仄，'能'、'成'必平，'饭'、'瘦'必去，'否'、'损'必上，如此然后发调。末二字若用平上或平去或去去、上上、上去，皆为不合。元周德清论曲，有煞句定格；梦窗（吴文英）论词，亦云某调用何音煞。虽其言未详，而其理可悟。"他的意见大体上是符合实际的。拿《永遇乐》来说，辛弃疾存世五首，尾句分别是：

这回稳步——去平上去

片云斗暗——去平上去

记余戏语——去平去上

尚能饭否——去平去上

更邀素月——去平去入

前二字均作"去平"。辛弃疾是豪放派代表，于格律上本不特别严格，尚且如此遵守，可见此说确很重要。按乐曲的一般规律，结尾处往往是全曲的高潮所在，因而词的主旨也往往放在尾句，无论引长而歌或戛然而止，都要兼顾音调和词句，务必使之协调清晰，因此四声的区别就特别被注重了。

一字逗（包括上一下四句式中的领句字）是词的特殊句法，往往起着承上启下的作用。一字逗用哪一声字，要求较严。一经前代名家用定，后世词人便往往奉为圭臬、照填不二。一字逗多用去声字，这在前面已经说明。现在再举两个例子：周邦彦《六丑》"正单衣试酒"、"但蜂媒蝶使"，"渐朦胧暗碧"、"似牵衣待话"，其中"正、但、渐、似"都是去声字。

周邦彦《兰陵王》"又酒趁哀弦"，"愁一箭风快"，"渐别浦萦回"，"念月榭携手"，其中一字逗仅"愁"字不是去声。对比其他词人同调作品，如辛弃疾《兰陵王》"恨之极"（一字逗依次为"被、嗟、甚、便"），刘辰翁《兰陵王》（丙子送春）（一字逗依次为"但、想、正、叹"），便知第二个一字逗不用去声反是正格。

我们在"词句的平仄格式"一节中说过：词的拗句有时往往成为定格，成为一种不是近体诗律句的"律句"。这样"律化的拗句"在宋格律派词人的手中，更是不但讲究平仄，而且往往还要求分辨四声。例如：《瑞鹤仙》第三韵为"平平仄平仄"式拗句，其第三字多数均作去声，《齐天乐》下片第一句正格为"平平平仄仄仄"式拗句，句中第四字亦常用去声。

还有一种值得注意的情况，按词调要求，某字应作某声，但作者在某声字中，找不到恰当的字，便用了另一声调的字而注明读作"某声"，这很能说明词对四声要求的严格。例如：

庾郎先_{去声}自吟愁赋。

姜夔《齐天乐》（《阳春白雪》本）

水驿灯昏，又见在曲屏近_{平声}底。

姜夔《解连环》（《花庵词选》本）

比较常见的是入声作平声和浊上声作去声两种（也有入声作上声，去声、上声作平声的）。过去讲词的人常常曲为之解，其实这只不过是语音变化发展在词中的反映。宋代语音已接近于近现代北方音系，"词"又是接近口语的诗体，词人写词不能不反映出口语的某些实际变化。当时还没有特为写词而编定的韵书，词人只能以诗韵韵书为用字用韵的标准而略加变通。口语中已经分辨不清的东西硬要分辨，得字字去查韵书，何等麻烦！何等束缚思想！于是先用一个恰当的字，再依谱注明作"某声"，倒是一个简便的方法。

（四）词的对仗

对仗是古典诗词的重要艺术手段之一。近体诗的对仗，要求相当严格。例如律诗颔（三、四句）、颈（五、六句）两联必须用对仗——联中两句各字的平仄要相反（这只是大略的说法），词性和意义要大致相同，并且要尽量避免重复字。而词的对仗就不像近体诗那么严格，什么地方用对仗也不那么固定。这是因为词调有上千种，各调的句式不同，就某一个词调说，用不用对仗可以有所限定，而就整个词体说，根本不可能有什么一致的要求。

关于对仗，我们在读词时可以注意下述几点：

1. 凡相连的两句字数相同时，词人经常运用对仗手法，特别是在两片开头的地方。如温庭筠《更漏子》上片开头两句：

柳丝长，春雨细。花外漏声迢递。

星斗稀，钟鼓歇。帘外晓莺残月。

晏殊《踏莎行》上下片首二句：

细草愁烟，幽花怯露……带缓罗衣，香残蕙炷……

辛弃疾《西江月》上下片首二句：

明月别枝惊鹊，清风半夜鸣蝉……七八个星天外，两三点雨山前……

以上举出的都是对句。

2. 但是，同一作者，同一词调，同一位置，也不一定都用对仗；用与不用，全看内容和表达的需要。例如《花间集》收李珣《巫山一段云》两首，其开头两句一作"古庙依青嶂，行宫枕碧流"，对仗工整，写舟中所见，画意很浓；另一首作"有客经巫峡，停桡向水湄"完全不用对仗，显得也很自然。又如《东坡乐府》收苏轼《木兰花令》六首，第三、四两句三首用对仗，三首不用对仗。像"园中桃李使君家，城上亭台游客醉"用了对仗，对照而言使醉眼看花的情态更加真切；"夜凉枕簟已知秋，更听寒蛩促机杼"下句把人在寒秋中的感受更逼进了一层，不用对仗，更觉深沉。

3. 有些句子，上句除了开头有个一字逗或两三字顿以外，其余的部分与下一句字数相同，往往也用对仗。这种对仗，有时不限于两句，可以连对三、四句，形成排比句法，气势颇盛。

［渐］霜风凄紧，关河冷落，残照当楼。

（柳永《八声甘州》）

［那堪］片片飞花弄晚，蒙蒙残雨笼晴。

（秦观《八六子》）

［更那堪］鹧鸪声住，杜鹃声切。

（辛弃疾《贺新郎》）

4. 词的对仗近于散文的对偶，可以不论字的平仄，也允许同字相对。如：

陇云溶泄，陇山峻秀，陇泉呜咽。

（万俟咏《忆少年》）

句中连用三个"陇"字，"陇"后各字平仄也不相对（仄平平仄，仄平仄仄，仄平平仄）。

我住长江头，君住长江尾。

（李之仪《卜算子》）

"住长江"三字重出，平仄也全按词谱，不要求相对。（仄仄平平平，平仄平平仄）。

由于词的对仗没有严格的规定，因此就产生这样一种现象：凡不要求用对仗的句子，如果用了对仗，或是在一般要求用对仗的地方而某词却不用对仗时，这里往往就是作者刻意琢磨、别具匠心之处，特别值得读者细心品味。

四 "词"的语法特点

诗词的语法结构必须基本遵循民族语言的共同规律，但它又有自己的特点，特别要求用字凝炼、简洁。掌握诗词语法的特点，对我们阅读欣赏词作，正确理解词意，很有帮助。

词的语法特点主要有四：一是词的活用现象多；二是成分的省略多；三是词序的变化多；四是"一字逗"格式。下面就分别举例说明：

（一）词的活用

汉语的词，按照它的意义和语法特点，能在全句中起什么作用，是相对固定的。如果某一个词在具体应用时担任了本来不该由它担任的任务，起了应该由另一类词所起的作用，这就叫"被活用为另一类词"了。词被活用后，意思上总要比原来丰富一些，或具有了一些原来所没有的含义，从而可使文字达到洗炼生动、言简意赅的效果。词的活用现象，古今皆有，而古多于今；"韵""散"皆有，而"韵"多于"散"。词作中的词语活用现象很多，例如：

> 要斩楼兰三尺剑，遗恨琵琶旧语。
>
> （张元幹《贺新郎》）

"要"是"腰"的本字，原来属名词，但在这句词中，已被活用作动词了，意思是"腰里带着"；"斩楼兰三尺剑"是一个词组，作"要"的宾语。如果不明白"要"在这里活用的意思，全句就可能被解成：用来腰斩楼兰的三尺剑，这就大错了。（作者的原意是指虽然腰里带着杀敌的利刃——有平虏的心力，无奈权在投降派手中，因而只能遗恨终身。）类似的例子如：

> 叠嶂西驰，万马回旋，众山欲东。
>
> （辛弃疾《沁园春》）

> 人影窗纱，是谁来折花？
>
> （蒋捷《霜天晓角》）

> 锦帽、貂裘，千骑卷平冈。
>
> （苏轼《江城子》）

> 念腰间箭，匣中剑，空埃蠹，竟何成！
>
> （张孝祥《六州歌头》）

都是名词作动词用。"东"犹如说"东奔"；"影"犹如说"影映"；"锦帽"、"貂裘"犹如说

"戴锦帽"、"穿貂裘";"埃蠹"犹如说"被尘埃落满、蠹虫蛀坏",如果在词中直用其语,文字就显得拖沓,不合格律,而且也不会有那样浓厚的诗味。

形容词、副词等也有用作动词的。如:

> 江上青山空晚色。
>
> （无名氏《玉楼春》）

> 寄到玉关应万里。
>
> （贺铸《捣练子》）

"空","空留下"之意,形容词作动词;"应","应当有"之意,副词作动词。

还有一种值得注意的情况,比如:风老莺雏,雨肥梅子。（周邦彦《满庭芳》）"老"、"肥"本来都是形容词,但在句中它们不是用来描写"风"、"雨"的性质的,不是"风老了"、"雨肥了"而是"风使雏莺成熟了","雨使梅子长大了","老"、"肥"成了动词,"莺雏"、"梅子"成了它们的宾语。这种格式的句子,我们理解起来都要加一个"使"字:主语所代表的事物使宾语所代表的事物变得怎么样了。因此"老"、"肥"这类词便被称为"使动词"。类似的句子如:

> 烟雨暗千家。
>
> （苏轼《望江南》）

意思是：烟雨使千家万户显得蒙眬了。

　　　　去国十年，老尽少年心。

（黄庭坚《虞美人》）

意思是：离开乡国十年，使少年壮志都衰退尽了。

　　动词也有"使动"用法。如：

　　　　一声落尽短亭花。

（无名氏《玉楼春》）

意思是：一声清笛使短亭繁花落尽了。

　　用名词（或名词性词组）直接修饰、补充谓语，也是一种活用。这种用法，往往使句子显得精炼。如：

　　　　捣就征衣泪墨题。

（贺铸《捣练子》）

"泪墨"犹如说"用泪水化开的墨汁"，"泪墨题"意思就是"用泪墨来题写征人的姓名"。

　　　　吟醉送年华。

（贺铸《水调歌头》）

　　意思是：用吟诗醉酒来消磨岁月。

　　其他如用形容词指代事物（绿肥红瘦）之类，也是活用，就不一一列举了。

（二）成分的省略

　　省略某些句子成分以求行文简洁，这在散文

中本不少见，但一般说来，散文的省略，限制较严，比如动词谓语，便少有省略的。而在诗词中则省略甚多，很少有限制。例如：

但屈指［计算］西风几时来？

（苏轼《洞仙歌》）

底事昆仑倾砥柱，［使］九地黄流乱注？

（张元幹《贺新郎》）

日月［如］跳丸，光阴［似］脱兔。

（刘辰翁《踏莎行》）

兴亡梦，荣枯泪，［似］水东流，何时休？

（刘过《六州歌头》）

［于］马上［弹］琵琶［觉］关塞黑。

（辛弃疾《贺新郎》）

有时作者把一切关联词语和动词全部省去，只把一连串的名词、名词性词组排在一起，让读者凭前后文所创造的情境去意会诗意、词意，这种"意合"的方法，常能收到非词语所能表达的效果。如张志和那首《渔歌子》，把"桃花""流水"和"鳜鱼肥"（肥美的鳜鱼）并放在一句之中，既是写眼前美好的春景，又是说"春水使鱼肥"，给人一种特别和乐舒畅的感觉。如果直说成"碧波映桃花，春水使鱼肥"，就毫无诗意了。再如辛弃疾的《西江月》"明月别枝惊鹊，清风半夜鸣蝉"六个名词性词组放在一处，表面上互无关

【 读词入门 】

系，其实却表现出了江南夏夜的真实景象：明媚的月光照耀着横出的树枝上不安定的鹊鸟，和煦的清风在午夜中吹拂，送来了阵阵蝉声，读来令人感到非常自然。

（三）词序的变化

词序是指语言里语词组合的次序。汉语词序的一般规律是：主语在前，谓语在后；谓语在前，宾语在后；修饰语在前，被修饰语在后等等，古今大体相同。诗词却往往因格律的要求或意境的需要而打破这种正常的词序，即通常称之为倒装句法的。比如：

绿水人家绕。

（苏轼《蝶恋花》）

这是"绿水绕人家"的宾语前置。此句依词律应作"⊗仄平平仄"，末字入韵，如果不提宾，就成了"仄仄仄平平"，末字也不再协韵。又如：

隔篱娇语络丝娘。

（苏轼《浣溪沙》）

整个谓语部分提到了主语的前面。如果说"络丝娘隔篱娇语"不但不协韵而且显得平铺直叙，语味淡薄。提前了谓语部分，使人好像先听到篱笆那边如秋虫低吟般的笑语声，然后才联想到那一伙健美的缫丝姑娘，意境便丰富多了。

> 问何人又卸，片帆沙岸，系斜阳缆。
>
> （辛弃疾《水龙吟》）

"系斜阳缆"顺说当是"系缆于斜阳之中"，把补语提前，插在谓宾中间，这在散文中是很难找到的。

> 乘肩争看小腰身。
>
> （吴文英《玉楼春》）

这句的原意是：争看踏在舞伴肩上起舞的女艺人苗条的身材。"乘肩"是修饰"小腰身"的。把"乘肩"提前后，如果粗略地看，把这句理解成"大家踏着别人的肩头争着看舞女的细腰身"，那就错误了。作者故作奇语，打破平板的陈述句法，给人造成一种清新的感觉。

> 来相召，香车宝马，谢他酒朋诗侣。
>
> （李清照《永遇乐》）

此两句实是一句，原意是：谢他酒朋诗侣〔以〕香车宝马来相召。词序的变换使句子产生曲折，突出了"来相召"，也适应了平仄、韵律的要求。

（四）一字逗

还有一种值得注意的现象是"一字逗"。"一字逗"是词特有的句法，大体有三类情况：

1. 把本来是状语的单音副词提到整个句子前

面，独自成为一个节奏，不再单独修饰某一个谓语而是对全句进行修饰。如：

> 渐霜风凄紧，关河冷落，残照当楼。
>
> （柳永《八声甘州》）

一个"渐"字修饰了三个分句，好像是从"霜风渐渐凄紧，关河渐渐冷落，残照渐渐当楼"三句中提取出来的"公因式"。

2. 副词"一字逗"兼有动词的作用，可认为是词的活用，也有人说是省略谓语。如：

> 更（那堪）草草离筵，匆匆去路，愁满旌旗。
>
> （辛弃疾《木兰花慢》）

> 但（落得）山川满目泪沾衣。落日胡尘未断，西风塞马空肥。
>
> （同上）

3. "一字逗"是个动词，后面经常连带着一串词或词组，且常成对仗。如：

> 任翠幄张天，柔茵藉地。
>
> （晁补之《摸鱼儿》）

> 念腰间箭，匣中剑，空埃蠹，竟何成！
>
> （张孝祥《六州歌头》）

> 想剑指三秦，君王得意，一战东归。
>
> （辛弃疾《木兰花慢》）

五　词的用典

　　词在初登文坛时，还带着民歌的质朴气息，写景抒情直出胸臆，用典较少，跟当时——晚唐五代的文人诗比较起来，就显得特别清新活泼。入宋以后，这一新兴的诗体便成为文人述志咏怀的重要手段，并逐渐趋向典雅庄重，用典也就越来越多，越用越偏。有的词一篇之中连用七八个、十几个典故或成句；有的词一句之中便包含着两三个典故。词人既以用典作为扩大词的内容、增强词的表现力的重要手段，我们读词的人就不能不对用典的方式方法和典故的出处含义有所了解，否则便不能深刻领会词意，有时甚至较难读通词句。张孝祥《水调歌头》（泛湘江），九十五字中用典十二处，其中"晞发北风凉"一句就连用二典。如光看字面，"在寒冷的北风中晾干头发"原是个很平常的句子。知其典故，情况就不同了。"晞发"用的是《九歌·少司命》

"与女沐兮咸池，晞女发兮阳之阿。望美人兮未来，临风恍兮浩歌"的诗意；"北风凉"用的是《诗·邶风·北风》"北风其凉，雨雪其雱，惠而好我，携手同行"的成句。《少司命》、《北风》这几句都包含有盼望能与自己的同道离开所处的环境，到理想的境界去的意思。朱熹注《北风》这几句说："以比国家危乱将至而气象愁惨也，故欲与其相好之人去而避之。"作者正用此意。这样曲折的用典，初读词的人是不大容易体会的。

典故用得好，能使作品简洁含蓄，余韵益然，用得不好，便会把作品弄得生涩晦暗，枯燥乏味。关键在于要出自内容、感情的需要，从内心呕出；而不是有意堆砌，以典故遮掩内容的单薄。南宋大词人辛弃疾很爱用典故，常常一连使用数典，有时也难免堆砌，曾受到当时人岳珂的批评（岳珂曾当面说他"用事多"，他认为"实中予痼"）。但他的用典多数是出于内容的需要，用得圆转、贴切。王国维说他的《贺新郎》（送茂嘉十二弟）"非有意为之，故后人不能学也。"（《人间词话》）后来格律派的吴文英也常用典，却由于有意雕琢而使人感到晦涩。宋沈义父就批评过他"其失在用事下语太晦处，人不可晓"。（《乐府指迷》）

下面举一些用典方式、方法的例子，并略加分析。

词的用典，若单从形式上说，可以概括为用事、用句、用词三类；若从形式与内容的结合来说，则有明用、暗用，正用、反用等方法。

（一）用事、用句、用词

所谓"用事"，指的是把历史故事提炼成诗句用入词中，以此来影射时事或表达思想、抒发感情。例如辛弃疾著名的《永遇乐》（京口北固亭怀古）：

> 千古江山，英雄无觅，孙仲谋处。舞榭歌台，风流总被雨打风吹去。斜阳草树，寻常巷陌，人道寄奴曾住。想当年、金戈铁马，气吞万里如虎。 元嘉草草，封狼居胥，赢得仓皇北顾。四十三年，望中犹记，烽火扬州路。可堪回首，佛狸祠下，一片神鸦社鼓!凭谁问：廉颇老矣，尚能饭否？

这首词借古讽今，批判了当时的掌权者韩侂胄（tuōzhòu托昼）冒险北伐、妄图侥幸取胜的错误，同时也表达了自己想建功报国而不能施展才略的悲愤心情。这个主旨，主要是通过四个影射现实的历史故事表现出来的。第一个是幼时曾在京口一带放过牛、后来两次率军北伐并一举平定桓玄叛乱、灭晋建宋（南朝宋）的刘裕（武帝）的故事。词中概括为"斜阳草树，寻常巷陌，人道寄奴曾住。想当年，金戈铁马，气吞万里如虎"。借以表明人民，包括作者，对进行北伐收复中原的热切期望。第二个是刘裕之子刘义隆（文帝）仓猝北伐、大败而归的故事。词中概括为"元嘉（宋文帝年号）草草，封狼居胥（这又是用汉霍去病北击匈奴，追至狼居胥山，祭山而归的故事，典中套典），赢得仓黄北顾。"借以表示不赞成韩侂胄的仓猝北伐。第三个是北魏太武帝拓跋焘击败刘宋北伐军，追至长江边在瓜步山上建行宫，大肆祭、庆的故事。词中概括为"可堪回首，佛狸祠（拓跋焘小名佛狸，行宫后来改为太祖庙，故称佛狸祠）下，一片神鸦社鼓"，借以发泄对南宋统治者抗金不力，不想收复失地的不满情绪。最后用了廉颇的故事。廉颇为赵名将，赵王听信谗言不信任他。后秦攻赵，赵王想用廉颇，派人去了解他的情况。廉颇一心为国，当着使者的面吃下一斗米饭、十斤肉，披挂上马，以表示可以上阵，而使者受人贿赂，却谎报廉"一饭三遗屎"，赵王以为廉老，终于不用。词中概括为"凭谁问，廉颇老矣，尚能饭否？"借以表达自己想报效国家却无人过问甚至还被小人中伤的悲愤之情。这就叫用事。这首词是对当时统治者皇帝和大臣们的批评，因为不可能正面直说，用典就是最好的办法。辛弃疾词中四个典故都用得贴切、晓畅，是用事的典范。

所谓"用句"，指的是引用前人的现成语句入词。两宋词人特别喜欢引用唐、五代及宋初著名诗人的诗句、词句。苏轼、周邦彦、辛弃疾、吴文英等不同流派的词人都很善于袭用或变用唐诗入词。用句用得活，确能引起联想，因故知新，起到活用前人经过千锤百炼的艺术形象以表达自己胸中意旨的作用，大大精炼了语言。

用句大体上有三种情况，即原句借用、改词套用和句意化用。

原句借用有的一字不改，有的稍改一二字。一般说一字不改的袭用成句是比较少的，因为一则前人的境界跟自己的想法未必全能切合，再则各种词调句子长短不同，很难用得巧合。辛弃疾《阮郎归》（耒阳道中为张处父推官赋）便用得较好：

> 山前灯火欲黄昏。山头来去云。鹧鸪声里数家村。潇湘逢故人。　　挥羽扇，整纶巾。少年鞍马尘。如今憔悴赋招魂。儒冠多误身。

上片讲他们在耒阳道中相遇时的情景，耒阳属衡州，正在湘水之旁，故借用梁柳浑《江南曲》"洞庭有归客，潇湘逢故人"的成句作结，意境、字面都很吻合；下片讲他们都有怀才不遇之感，于是借用杜甫《奉赠韦左丞丈》"纨袴不饿死，儒冠多误身"的成句煞尾，也十分贴切。

稍改一二字借用的就比较多了。改字借用既能保存原句精神，又能适应词句格律，较一字不改地袭用方便得多。例如：周邦彦《瑞龙吟》："前度刘郎重到"，改字借用唐刘禹锡《再游玄都观》："前度刘郎今又来"句；张元幹《贺新郎》："十年一梦扬州路"，改字借用唐杜牧《遣怀》"十年一觉扬州梦"句；辛弃疾《水调歌头》（醉吟）"池塘春草未歇，高树变鸣禽"，改字借用南朝宋谢灵运《登池上楼》"池塘生春草，园柳变鸣禽"句，等等。

套用与借用稍有不同。它是套取或活用前人的成句而改变句法、变换字面，结果与原句差异明显，乍看起来似乎是词人的创作。例如：周邦彦《应天长》"观汉宫传烛，飞烟五侯宅"，显然是套用唐韩翃《寒食》"日暮汉宫传蜡烛，轻烟散入五侯家"句。辛弃疾《太常引》"斫去桂婆娑，人道清光更多"，套用杜甫《一百五日夜对月》"斫却月中桂，清光应更多"句。

还有一种套用，不是套用字面，而是套用

句法和意境，前后两句一比较便知后者从前者套来。例如秦观《八六子》"正销凝，黄鹂又啼数声"，套用杜牧句"正消魂，梧桐又移翠阴"；刘基《谒金门》"风袅袅，吹绿一庭秋草"，套自南唐冯延巳"风乍起，吹绉一池春水"。这种套用，一般要用同一词调和相近主题，否则很难贴切。

最常见的还是句意化用。作者融会前人意境，用自己的言语重新组织起来，既有所本，又出新意。《艇斋诗话》论苏轼《水龙吟》说："东坡《和章质夫杨花词》云：'思量却是，无情有思'，用老杜'落絮游丝亦有情'也。'梦随风万里，寻郎去处，依前被莺呼起'，即唐人诗（金昌绪《春怨》）云：'打起黄莺儿，莫教枝上啼，几回惊妾梦，不得到辽西。''细看来、不是杨花，点点是离人泪'，即唐人诗云：'时人有酒送张八，惟我无酒送张八。君看陌上梅花红，尽是离人眼中血'。皆夺胎换骨手。"化用贵在用出新意。苏轼此词就都能脱出原句而有自己的创造；特别是第三句，比唐人诗对后世影响更大。类似的写法如：张元幹《贺新郎》"遗恨琵琶旧语"化自杜甫《咏怀古迹》"千载琵琶作胡语，分明怨恨曲中论"句。杜甫《洗兵马》化用武王伐纣典故，写出了"安得壮士挽天河，净洗甲兵长不用"名句，以表达对平定叛乱、恢复和平的殷切希望。南、北宋之交有好几个词人又化用过杜甫此句。如张元幹《石州慢》说"欲挽天河，一洗中原膏血"。无名氏《水调歌头》感情更为急切地说"欲泻三江雪浪，净洗边尘千里，不为挽天河。"他等不及壮士挽天河了，要径用太湖之水净洗侵略者，但意境还是从杜甫诗句来的。有时一句之中接连化用前人诗词两、三句，如史达祖《绮罗香》"记当日门掩梨花，剪灯深夜语。"上半句化用李重元（一说李甲作）《忆王孙》"雨打梨花深闭门"句，取那种寂静的黄昏之境，下半句化用李商隐《夜雨寄北》"何当共剪西窗烛，却话巴山夜雨时"句，取那种久别重逢亲昵难舍的深情，融合得十分自然。

还有一种隐括前人整首诗或几首诗入词的作法，也可以归入化用一类。例如周邦彦《西河》（金陵怀古）就是隐括刘禹锡《金陵五题》中最著名的几首——《石头城》、《乌衣巷》等而写成的。词句、大意都化自刘诗，却又无一句照搬原文：

> 佳丽地。南朝盛事谁记？山围故国，绕清江，髻鬟对起。怒涛寂寞打孤城，风樯遥度天际。　　断崖树，犹倒倚。莫愁艇子曾系。空余旧迹，郁苍苍，雾沈半垒。夜深月过女墙来，伤心东望淮水。　　酒旗戏鼓甚

右侧页边【五　词的用典】

117

处市？想依稀王谢邻里。燕子不知何世。向
寻常巷陌人家相对，如说兴亡斜阳里。

对照刘诗：

山围故国周遭在，潮打空城寂寞回。
淮水东边旧时月，夜深还过女墙来。

（《石头城》）

朱雀桥边野草花。乌衣巷口夕阳斜。
旧时王谢堂前燕，飞入寻常百姓家。

（《乌衣巷》）

可以看到周词跟刘诗的密切关系。经过周的重新
组织，增添字句，比刘诗虽显得消极，但更使人
感到人世沧桑，分外悲凉寂寞。

当然，用句不仅限于诗句词句，更不限于
唐人诗句。举凡作者感到适宜于表情达意的成句
都可以取为己用。如辛弃疾《一剪梅》（游蒋
山）：

独立苍茫醉不归（化用杜诗"此身饮罢
无归处，独立苍茫自咏诗"）。日暮天寒，归
去来兮（陶渊明句）。探梅踏雪几何时。今
我来思，杨柳依依（《诗·小雅·采薇》：
"昔我往矣，杨柳依依。今我来思，雨雪霏
霏"）。　白石岗头曲岸西。一片闲愁，芳
草萋萋。多情山鸟不须啼。桃李无言，下自
成蹊（《史记·李将军列传·赞》）。

118

他如欧阳修《踏莎行》"草熏风暖摇征辔"用江淹《别赋》"闺中风暖，陌上草熏"句；苏轼《西江月》"照野弥弥浅浪，横空暧暧微霄"用陶渊明"山涤金霭，宇暧微霄"句；辛弃疾《霜天晓角》"明日落花寒食，得且住，为佳尔。"用晋人书帖："寒食近，且住为佳尔"句，都属此类用法。

所谓"用词"，指的是把故事或前人文句缩简为一个词语用在句子里，使人一见此词便联想到它所概括的事或成句。缩简的办法，或取其意其境，或取其人其物，或取原句一两个关键性的字眼，这也应看作是一种用典。沈义父《乐府指迷》说："炼句下语最是紧要。如说桃不可直说破桃，须用'红雨'、'刘郎'等字；说柳不可直说破柳，须用'章台'、'灞岸'等字。又用事如曰'银钩空满'，便是'书'字了，不必更说'书'字；'玉箸双垂'，便是'泪'了，不必更说'泪'。如'绿云缭绕'，隐然'鬓发'；'困便湘竹'，分明是'簟'。正不必分晓，如教初学小儿，说破这是其物事，方见妙处。"这里所说的"红雨"、"刘郎"、"章台"、"灞岸"、"银钩"、"玉箸"、"绿云"、"湘竹"都是从典故成句中提炼出来的词语。这种用法在格律派词人作品中最为多见，他们为求字面的典雅含蓄，有时会弄得一般读者莫名其妙。姜夔《踏莎行》说"分明又向华胥见",什么叫"华胥见"呢?原来说的是"梦中见"。《列子·黄帝》说黄帝"退而闲居大庭之馆,斋心服形,三月不亲政事。昼寝而梦,游于华胥氏之国。""华胥"代指"梦"的出处就在这里。这种用典方法与用事不同,它不是通过概括故事而扩大词句含义,而是缩事为词。一般并不能使词意更加深刻,也不能扩大词的容量,所以在艺术上是不足取的。

(二)明用、暗用、正用、反用

用典有明用,有暗用。无论用事用句,使读词者从字面上一眼便可辨出的,是明用;表面上与上下文句融合为一,不细察则不知为用典的,是暗用。明用有如玉石器皿上镶嵌的珠宝,制作者有意要借其色泽光彩增加器皿的价值;暗用则如清泉中溶入白糖,制作者定要人亲口尝试才能品味到它的甘甜。比如苏轼的《江城子》(密州出猎)下片:

> 酒酣胸胆尚开张。鬓微霜。又何妨。持节云中,何日遣冯唐。会挽雕弓如满月,西北望,射天狼。

先看"持节云中,何日遣冯唐。"冯唐是汉文帝的近臣，苏轼写自己密州出猎的情景，怎么忽然扯到冯唐呢？显然是用典了。这就是明用。冯唐是个敢于正言直谏的人。汉初云中太守魏尚抵御匈奴有功，后因小事被文帝治罪，冯唐认为文帝处理不当，是不善用人，就在文帝面前力保魏尚，文帝接受了冯唐的劝谏，即令冯唐持节赦免魏尚，复为云中守。（见《史记·张释之冯唐列传》）苏轼这里所以要用这个故事，主要因他当时为反对新法被贬，后来改知密州。他是个关心政治的爱国诗人，时时记挂着西北方西夏的严重威胁，渴望为国出力。他以魏尚自况，希望能有一个像冯唐那样识才敢谏的人，为自己在神宗面前保荐，派人将自己召回，委以重任。这样的话，在当时以受贬之身是不能直陈的，于是选取了这个切合自己境遇的典故，既表白了自己的委曲，提出了自己的希望，又暗示神宗应当作一个纳谏举贤的明主。再看"会挽雕弓如满月，西北望，射天狼。"表面看来好像跟"出猎"很合拍，是写弯弓射兽的情况。其实这是用《楚辞·东君》"举长矢兮射天狼"的典故。天狼，星名，旧说以为主侵掠。作者用以比喻西夏等入侵者。"射天狼"则表明自己御敌保国的决心。这就是暗用。再如辛弃疾《水龙吟》（登建康赏心亭）：

楚天千里清秋，水随天去秋无际。遥

岑远目，献愁供恨，玉簪螺髻。落日楼头，断鸿声里，江南游子。把吴钩看了，栏干拍遍，无人会、登临意。　　休说鲈鱼堪脍。尽西风、季鹰归未？求田问舍，怕应羞见，刘郎才气。可惜流年，忧愁风雨，树犹如此！倩何人、唤取红巾翠袖，揾英雄泪？

这首词用了很多典故寄寓自己报国无路，壮志难酬的悲愤之情，有的明用，一望而知是用典；有的暗用，完全溶入字里行间。上片是即景生情，典故多暗用。除"玉簪螺髻"、"把吴钩看了"显然是用典[1]外，其余如"遥岑远目"、"栏干拍遍"、"无人会，登临意"[2]都是暗用，它们都有出处，但不知出处仍然可以理解词意。下片是直抒愤懑，典故多明用。除"忧愁风雨"[3]不明出处也能讲通外，"休说鲈鱼堪脍，尽西风，季鹰归未"、"求田问舍，怕应羞见，刘郎才气"、"树犹如

【 读词入门 】

---

[1]"玉簪螺髻"指山。典出韩愈《送桂州严大夫同用南字》诗："江作青罗带，山如碧玉簪"和皮日休《缥缈峰》诗："似将青螺髻，撒在明月中。""吴钩"是吴王阖闾的宝刀，"把吴钩看了"典出于杜甫《后出塞》："少年别有赠，含笑看吴钩"句，指有着报国封侯的志向和能力。

[2]"遥岑远目"意思是"眺望遥远的山影"。语出韩愈《城南联句》："遥岑出寸碧，远目增双明"。"栏干拍遍"是宋代刘孟节的故事，刘好学绝俗，经常凭栏静立，怀想世事，曾写诗说"读书误我四十年，几回醉把栏干拍"（见王辟之《渑水燕谈录》）。"无人会，登临意"出自宋王琪《题赏心亭诗》"残蝉不会登临意，又噪西风入座隅。"（见宋文莹《湘山野录》）

[3]"忧愁风雨"是苏轼《满庭芳》词成句。

此"等[1]都显然是用典，不知出处就很难解通了。

明用、暗用各有优劣，要看内容的需要，决定采用哪种方法。一般说暗用比明用自然，而明用比暗用引人注目；明用必须知道典故原义和引义，才能起作用，而暗用虽不明出典，也能读通，但要想理解得深，仍然需要知其出处。

用典有的或径取典故本来的含义，或以原意为基础略加引申，这都是正用典故，大多数用典属于这种情况。像前举苏轼《江城子》，"遣冯唐"、"射天狼"两典都是正用其义的。也有取典故所述人、事而反其意用之的，例如辛弃疾的《满江红》（送李正之提刑入蜀），他对李寄予很大希望，积极鼓励他入蜀做一番事业，开头却用李白《蜀道难》"蜀道之难难于上青天"的典概括为"蜀道登天"。李白所突出的是蜀道的高危艰险，辛弃疾却强调通过艰苦的攀登可以上达青天，这就是反用典故了。

上面，举了一些例子说明几种常见的用典

[1]"休说"句典出《世说新语》。张季鹰在洛，见秋风起，思吴中乡土名菜"鲈鱼脍"，说：人生贵在能适意，怎能跑到几千里外去受官职的拘束？于是立即返吴。"求田"句典出《三国志·陈登传》。刘备批评许汜不能忧国忘家而祗知求田问舍。辛用此二典表示自己不忘国事，却又无可奈何。"树犹如此"典出《世说新语》。东晋桓温北征，经金城，见南渡前手种柳树已经十围，慨叹道："木犹如此，人何以堪！"辛用此典表示时光空逝，壮志难酬。

五
词
的
用
典

123

方式方法。在成千上万首词中，用典方法变化甚多，不是几种方法所能概括得了的。就是在一首词中，各种方法也会交错使用，总以有利于内容的表达为目的。下面举辛弃疾的《破阵子》（为范南伯寿）为例，综合地说一说古人用典的方法。

> 掷地刘郎玉斗，挂帆西子扁舟。千古风流今在此，万里功名莫放休。君王三百州。　燕雀岂知鸿鹄，貂蝉元出兜鍪。却笑卢溪如斗大，肯把牛刀试手不？寿君双玉瓯。

词有序："时南伯为张南轩辟宰卢溪，南伯迟迟未行，因作此词勉之。"范南伯，名如山，是辛弃疾的内兄。范氏一家都是很有民族气节的人，他父亲范邦彦曾仕金为蔡州新息县令，后率豪杰开城迎宋军，举家归宋。他很钦佩辛弃疾的忠心赤胆而把女儿嫁给了辛。辛跟范如山"皆中州之豪，相得甚"。范如山是个有才干的政治家，刘宰《故公安范大夫行述》说他"治官如家，抚民若子"，极受百姓拥护。他颇有忧世之心，常思恢复北土，但有感于政治腐败，当道非人，又很想学陶渊明"躬耕南亩"，隐居不仕。淳熙五年（公元1178年）六月，南宋主战派名相张浚的儿子张栻（自号南轩）任荆湖北路安抚使，颇想干一番事业，因范如山从金人占领区来，"知其豪杰，熟其形势"，便请他担任卢溪县令（即所谓"辟宰卢溪"）。范如山并不相信朝廷真能有所作为，故"迟迟未行"。辛弃疾当时正任湖北漕运副使，很希望范能出仕荆湖，"因作此词勉之"。词的主题就是劝他以国事为重，"万里功名莫放休"，时时挂念"君王三百州"，努力做出力所能及的贡献。明乎此，再看辛词所用的典故，就可以看出作者手法的高明、用心的细腻。作者一开篇用了两个典故：一个是，鸿门宴上刘邦令张良献玉斗给亚父范增，范增痛感项羽不听劝告放走刘邦，贻下后患，而将玉斗置于地，拔剑撞而破之。另一个是，春秋吴越之争时，范蠡（lí离）献西施于吴王，以瓦解吴王斗志；灭吴后，不受越封，复取西施乘舟游五湖而不返。写法都是似明而暗，一看便知是用典，但真正的用意却没有直接说出来，甚至连范增、范蠡的名字都没有出现。作者用这两个典的意思，主要因范增、范蠡都与范如山同姓，又都是才智出众，有胆有识的谋士，因而即以二范比如山，希望他成为二范那样的人物，能竭诚尽智为自己的君国作出应有的贡献。这个看来隐晦的开端，不但艺术上很有特色（隐含范如山姓氏，却不出一范字），从词的主旨说也是很好的开端，有了这个开端垫底，下面几句正面劝勉的话就显得很有力量，很动感情了："千古风流"应在我辈身上，不要轻抛建功立业的时机，要时时想到大宋的万里江山呵!下片针对范如山"迟迟未行"的思想活动，进行劝勉：一方面称赞了范的大才宏志，预言他定能有所成就，一方面劝告他不要嫌卢溪令职位低小难以发挥作用，而应当以之作为搞大事业的起点。为了同时表达这两方面的意思，作者选用了四个典故。一是陈涉辍耕垄上，慨叹"燕雀安知鸿鹄之志哉"的故事，借此表明自己理解范的志向，他的不愿就任是想有更大的作为。二是用的南齐将军周盘龙的故事。周年老不能守边，还朝为散骑常侍（皇帝侍从，能预闻要政），世祖戏问他："你戴貂蝉（近侍贵臣冠饰）冠比起戴兜鍪〔（dōumóu 都谋）战盔〕来如何?"周答："此貂蝉从兜鍪中出耳。"意思是说我成为近臣是在战场上拚杀得来的，不是靠了恩宠。这里表示自己理解范有更大的才能，想得到更能发挥作用的位置，但要想得到更大的尊荣，要想得到参预朝政的要位，必须在实际工作中多所表现，积累"战功"。三是南朝宋大将军宗悫（què却）的故事。宗晚年为豫州刺史，典签[1]多所违执，宗怒叹"得一州如斗大，竟遭到典签的慢待!"辛借此表示自己体会到范的

[1]典签本为地方文书小吏，但南朝时，多由帝王亲信担任，以监视地方大员，号为"签帅"，实权很大。

心情——以大才而屈居小小卢溪，且行动不能自主，难有作为。但也是劝他：宗悫都难免屈居下位，受小人之气，何况你我。四是孔子至武城，闻弦歌之声，认为割鸡无需用牛刀的故事。辛反其意而用之，鼓励范南伯不妨以牛刀杀鸡，一试身手，把卢溪治理好，以显示自己的才能。这六个典故，有明用（如三、四），有暗用（如五），有似明而暗（如一、二），有正用（如一、二、三、四），有反用（如六），有的字面上已经把意思点明，有的意在言外，必须细加品味，才能体会得到。全词变化丰富而始终扣紧主题。

六 词的章法举隅
——开头、过片、结尾

　　文章的组织结构——章法，既有共同的规律，又有各自的特点。诗词跟散文相比，特色更加明显。

　　词的章法多取法于诗，但由于要紧密配合音乐，又有着自己的特点。前人论词就很注意这些特点。开头、过片和结尾怎么写，可以说是词的章法的核心。当然，好的词作，开头、过片、结尾不会千篇一律，这一节只想举一些例子，介绍几种有代表性、有特色的写法，以期引起欣赏词的兴趣。

　　古代诗论、词论都强调"起调"、"发端"要"工"。这话很不错。一首词篇幅有限，不容浪费笔墨。词的开头要像园林的门扉，使人一推开便能窥见佳景的一角，但又不能一览无余，这样才能引起一定要走进去、看下去的浓厚兴趣。唐宋词中有一些比较常见而又有特色的开头，值得一提：

一是开门见山，直陈胸臆，往往一起句就道出词的主旨或概括词的内容。单从词句上看似乎平淡无奇，实似引弓待发，往往笔锋一转，便如悬崖飞瀑，一泻而下。我们可以称之为"造势"的开端。这种方法不单豪放派词人指陈时事、言志咏怀时常常使用，就是婉约派的抒情作品也不乏其例。

敦煌曲子词《菩萨蛮》"枕前发尽千般愿"用的就是这种手法，一开篇就说："枕前发尽千般愿。要休且待青山烂。"直截了当，毫无修饰地交代了词写的是痴情人的誓言。接着一泄到底，尽是誓辞本身，用"秤锤浮"，"黄河彻底枯"，"白日参辰现，北斗回南面"，"三更见日头"一连串的比喻，扣紧"千般"二字，表明此心不变。一气呵成，步步升高，朴实而又有力。如果没有那个率直无华的开端，后面反会显得重复平淡了。

柳永是很擅长铺叙的，他写钱塘一带壮丽景色和杭州繁华生活的名作《望海潮》，便有一个似乎颇为平直的开头："东南形胜，三吴都会，钱塘自古繁华。"像散文一样直陈而出，粗笔勾勒了全词所写对象的轮廓。接着镜头由远而近，写全景、写江潮、写市廛、写西湖、写游客，便都有

【六　词的章法举隅——开头、过片、结尾】

129

了一条贯穿的主线，使读词者不能中辍。同时，作者先抹一粗笔，接着再皴染着色，精描细画，吟出"烟柳画桥，风帘翠幕"、"三秋桂子，十里荷花"这样精炼秀丽的名句，粗细相映，韵味更显丰厚。

有时开头虽全用平常词句，组织起来却显得奇特豪迈。如刘过的《沁园春》(寄辛承旨)："斗酒彘肩，风雨渡江，岂不快哉!"使人一读便好像听到了词人的朗笑，摸到了词人的脾性。接着，笔锋突转，平空请出白居易等三位历史人物，传声肖形，借古人之言，表自己之志，全用赋法而带有很浓的浪漫主义色彩。如果没有开头那样一个开门见山的起句,后文就会显得平淡了。

二是由写景入手，先造出一个切合主题的环境，然后因景生情，依景叙事，带出词的主体部分来。可称之为"造境"的开头。

张志和的《渔歌子》，一起手先画出一幅春江静秀和平的风景画——山前飞着白鹭，水底游着鳜鱼，多么自由而恬静啊!这样的开头正是给下文以渔父自况的作者出场造成一个典型的环境;作者也用这个环境寄寓自己要求超脱现实的思想感情。

传为李白所作的《菩萨蛮》，写的是对远行的亲人无限思恋的感情。它以"平林漠漠烟如织。寒山一带伤心碧"开篇，一下子便把读者引入烟笼寒林、云漫碧峰的深秋暮色之中，这样的意境是最能动人思绪的，自然也是最能切合词旨的。

写景为的是写情，是苍莽阔大还是静谧偏狭，全由主题需要决定。同是写秋景，范仲淹的《苏幕遮》写的是羁旅思亲，以"碧云天、黄叶地；秋色连波，波上寒烟翠"开头，非常洗炼地描绘出一个寂寞、雕零的深秋景象，使人一看便产生羁旅难熬、心情惆怅的感觉。辛弃疾的《水龙吟》主题宏大得多，他的开头是"楚天千里清秋，水随天去秋无际"，多么广阔的江南秋景，我们感到的是阔大苍郁而不是凄凉孤寂，因为只有这样的境界才切合作者宽阔的胸怀，才包容得了作者在词中寄寓的那种壮志难酬的激愤。

三是先设一问，或点出题意，或造一悬念，引人深思，使人急于要看下去。然后以答语形式引出词的主体。这是词人很爱用的一种开头方式；早期比较接近民间词的短篇作品更常用这种手法。可以称之为"造思"的开头。

冯延巳有十四首《鹊踏枝》（《蝶恋花》），其中有四首是以问句开头的，都有发人深思、引人入胜的作用：

> 谁道闲情抛掷久？每到春来，惆怅还依旧。

先用一个反问句，明退暗进，随即把正意推出，有如引弓发丸一般。

> 烦恼韶光能几许？肠断魂销，看却春还去。

> 庭院深深深几许？杨柳堆烟，帘幕无重数。

这两段都是先用一个特指句开头，说是"特指"，其实答案已隐含其中（烦恼无尽，庭院深深），因而下文都不正面作答，而用肠断、春归写出相思、怅恨，用柳烟、重帘象征深院浓愁，意境比直陈深了许多。

> 几日行云何处去？忘了归来，不道春将暮。

这是明疑问、实感叹的开头，"何处去"就是"无处去"，故下文不需作答而直陈下去。

这种以问开头的手法，比较适用于表达细腻的感情，但名手也能用来表现豪放的精神。例如：

> 三十三年，今谁存者？算只君与长江。

> （苏轼《满庭芳》）

问语似乎平常，答语却出人意外，一问一答特别显得深情而豪迈。清郑文焯评他是以"健句入词，更奇峰突出"。

> 何人半夜推山去？四面浮云猜是汝。

> （辛弃疾《玉楼春·戏赋云山》）

出语便很奇特，答语又故意含混，确能使人仿佛面对云峰，有变幻莫测之感。

过片是词特有的章法。什么叫过片？除小令外，词都是分片的，而多数分为上下两片。它们是表现同一主题的两个层次，其间必定要密切关联。关键就在上下片衔接之处。古人尤其重视下片的开头部分，称之为过片。过去写词、评词的人是很重视过片的，特别强调"过片不可断了曲意，须要承上接下"（张炎）。"承上接下"是个总的要求，要接得紧密、自然，又以能出新意为上。沈义父《乐府指迷》说："若才高者方能发起新意，然不可太野，走了原意。"就是要人们同时兼顾这两个方面。

过片的具体作法千模百式，并无成规可循。看唐宋名家词作，比较常用的作法有下面几种：

一是笔断意不断，上下紧相连。这是最普遍的做法。其中又有两种情况，一种是意思虽上下紧接，但写法上有明显的顿宕，使人一听便知是另起了一段。张炎所特别推崇的姜夔的《齐天乐》"庾郎先自吟愁赋"就是这种做法的典范。

庾郎先自吟愁赋。凄凄更闻私语。露湿铜铺，苔侵石井，都是曾听伊处。哀音似诉。正思妇无眠，起寻机杼。曲曲屏山，夜

133

凉独自甚情绪！　　西窗又吹暗雨。为谁频断续，相和砧杵？候馆迎秋，离宫吊月，别有伤心无数。豳诗漫与。笑篱落呼灯，世间儿女。写入琴丝，一声声更苦。

这首词是写由蟋蟀的鸣声而引起幽思的。词有序说明作词的缘起：与张功父会饮，闻壁间有蟋蟀鸣声，乃相约为词。功父先成，辞甚美。姜夔则"徘徊茉莉花间，仰见秋月，顿起幽思，寻亦得此"。词的起句就是呼应词序的，突出了一个"愁"字，也是全词情调的总括。听功父之词已有愁思，更何况又听到蟋蟀那像私语般的凄清的鸣声。这样，作者一开篇便把愁思与虫声紧结在一起了。接着，作者以寻声探索过渡，转入对蟋蟀悲鸣的刻划。他用机杼声、暗雨声、砧杵声、丝竹声，细致入微地比况虫声，又由这虫声联想到思妇无眠，候馆迎秋，离宫吊月，突出一种孤独、思念的感情，由此回忆到儿时的呼灯灌穴，捉虫为戏，两相对比，越感到幽思无限。这一切都是连缀直下，很难截然分开的。而作者却十分奇妙地抓住了"西窗又吹暗雨"一句作为过片。前片尾句已经说到"夜凉独自甚情绪！"在这凄冷的寒夜中独自一人听秋虫悲鸣已经感到难以忍受了；岂料西窗外又传来隐隐约约冷雨敲窗的声音！一个"又"字，既把上下片紧紧地连接起来，又使之明显地划成两段，手段确是不凡的。

辛弃疾的《菩萨蛮》（书江西造口壁）也同样精采。作者先写低头看着那郁孤台下饱含着千千万万宋代难民血泪的江水，然后写举头北望故都，丛山苍莽遮断了关切的目光，上片就结束在"山"字上（"可怜无数山"）。接着，下片又从"山"说起："青山遮不住，毕竟东流去。"由青山又回应到江水。这两"山"相连的过片，衔接得多么紧凑而节奏又多么分明！

另外一类则完全打破了上下片的界限，一路说下去，一气呵成。辛弃疾的《贺新郎》（别茂嘉十二弟）就是这样：

> 绿树听鹈鴂。更那堪、鹧鸪声住，杜鹃声切！啼到春归无寻处，苦恨芳菲都歇。算未抵人间离别。马上琵琶关塞黑，更长门翠辇辞金阙。看燕燕，送归妾。　　将军百战身名裂。向河梁、回头万里，故人长绝。易水萧萧西风冷，满座衣冠似雪。正壮士悲歌未彻。啼鸟还知如许恨，料不啼清泪长啼血。谁共我，醉明月？

从开头到"算未抵人间离别"，用鹈鴂、鹧鸪、杜鹃的悲鸣渲染出一种亲人将别、依依不舍的动人境界，构成了一个层次。然后就列举了著名的"人间离别"的故事：昭君出塞、庄姜送妾、苏李诀别、易水悲歌，跨越两片，奔腾而下，过片处毫无停歇。这又是一层。最后又回到悲春的啼鸟上面，使首尾呼应，而以"谁共我，醉明月"结尾，表达兄弟间诚挚的感情。刘过的《沁园春》（寄辛承旨）、朱敦儒的《鹧鸪天》等都是这种笔法。

二是异峰突起的写法。与前一种似乎相反，过片处十分鲜明，粗看上去，好像上下片说的是两件事，仔细一看，才发现整个的意境、感情、气脉是完整贯通的。这样的过片，一般都比较峭拔险峻，跟上片结句有个明显的对比。辛弃疾的《水龙吟》（过南剑双溪楼）就是个较好的例子。

> 举头西北浮云，倚天万里须长剑。人言此地，夜深长见，斗牛光焰。我觉山高，潭空水冷，月明星淡。待燃犀下看，凭栏却怕，风雷怒，鱼龙惨。　峡束苍江对起，过危楼、欲飞还敛。元龙老矣，不妨高卧，冰壶凉簟。千古兴亡，百年悲笑，一时登览。问何人又卸，片帆沙岸，系斜阳缆。

上片写作者俯视剑溪，幻想着取出神剑，以实现杀敌救国的壮志，却受到有权势者的阻挠。上片结句"风雷怒，鱼龙惨"，情调是很苍凉的。可是过片处却出现了一个十分挺拔峻峭的形象："峡束苍江对起",把人的视线一下子导向了峰顶的蓝天，接着便吐出了胸中壮志难酬的无限感慨。上片以咏志起首而结于悲愤，下片以抒愤为主而起于激昂，两片界线分明，而被一种对国家前途无比关切而又无能为力的激情贯穿起来。

三是上下片文意并列，或一正一反，或一今一昔，而以过片为桥，下片首紧承上句尾，使上下片贯通一气。如：

> 四十年来家国，三千里地山河。凤阁龙楼连霄汉，玉树琼枝作烟萝。几曾识干戈。
> 一旦归为臣虏，沈腰潘鬓销磨。最是仓皇辞庙日，教坊犹奏别离歌。垂泪对宫娥。
>
> （李煜《破阵子》）

上片追念昔日帝王生活的气势，下片哀诉今天囚虏处境的凄凉，一今一昔，一正一反，对比是很鲜明的。过片处，上片以过去连干戈都不知为何物作结，下片以突然间作了敌人干戈下的囚虏起首，互相呼应，连得又紧，转得又急，自然亲切，使人感动。陈与义的《临江仙》"忆昔午桥桥上饮"情况近似。上片追忆南渡前在西京洛阳过的潇洒岁月，下片抒发如今偏居江南一隅的惆怅之情，而以"二十余年成一梦"作为过片，不仅承先启后，而且定下了全词比较消沉的基调。

吕本中《采桑子》是又一种类型：

恨君不似江楼月，南北东西。南北东西。只有相随无别离。　恨君却似江楼月，暂满还亏。暂满还亏。待得团圆是几时？

上下片一正一反，没有明显的过片句子，而以上下片格式上的重复，实现了上下片的联系与区分。

四是上下片一总一分或上片尾下片头一问一答，其间往往没有起过渡作用的句子，格式本身就决定了上下片既是整体又有区别的关系。

一总一分的如冯延巳《长命女》，上片尾说"再拜陈三愿"，下片便一一陈说三愿的内容。

一问一答的有两类，一类如李孝光《满江红》。上片尾句作"舟人道：'官侬缘底驰驱奔走？'"下片首句说"官有语，侬听取"，直问直答，比较少见。李清照的《渔家傲》"天接云涛连晓雾"可以归入这一类：

天接云涛连晓雾。星河欲转千帆舞。仿佛梦魂归帝所。闻天语。殷勤问我归何处？　我报路长嗟日暮。学诗漫有惊人句。九万里风鹏正举。风休住。蓬舟吹取三山去。

另一种是，上片尾句以问句作结，而下片虽未直接回答，但内容实际上是就问题而发，呼应上文的。这种写法比较多见。如：

华鬓星星，惊壮志成虚，此身如寄。

萧条病骥。向暗里，消尽当年豪气。梦断故国山川，隔重重烟水。身万里。旧社雕零，青门俊游谁记？　尽道锦里繁华，叹官闲昼永，柴荆添睡。清愁自醉。念此际付与何人心事。纵有楚柁吴樯，知何时东逝？空怅望，脍美菰香，秋风又起。

（陆游《双头莲·呈范致能待制》）

上片慨叹"壮志成虚，此身如寄"，深恋故国而飘落万里，结句含泪设问：旧日的同志们已四散飘零，青年时在故都的慷慨激昂的斗争生活还有谁记得吗？下文没有正面作答，而是又把笔锋转回到个人理想抱负无法实现的苦闷，用"尽道锦里繁华，叹官闲昼永，柴荆添睡"作过片。其实，这正是另一种回答方式：在这样一个但求苟安而无所作为的环境中，谁还可能实现当日的怀抱呢？

辛弃疾的《水龙吟》（为韩南涧尚书寿）也近于此。他上片在抨击南宋那帮权贵苟且误国的罪行的同时，提出了"谁是真正能力挽狂澜的人？"（"几人真是经纶手？"）"完成平戎事业才是读书人值得自豪的大事，你们懂吗？"（"算平戎万里，功名本是真儒事，君知否？"）两个问题。下片没有直接答复，却以"况有文章山斗"起句，对韩南涧发出了一连串的赞誉。这实际上就

139

是对上片问题的回答：韩南涧就是能力挽狂澜的"经纶手"，就是懂得平戎是大业的"真儒"。

再说说结尾。一首词结尾是很要紧的，它往往是点睛之笔。姜夔说："一篇全在尾句，如截犇马。"煞尾好像要勒住一匹狂奔的骏马一样，没有力量行吗？姜夔还总结了几种结尾的情况：一是"词意俱尽"，"所谓词意俱尽者，急流中截后语，非谓词穷理尽者也。"二是"意尽词不尽"，"意尽于未当尽处，则词可以不尽矣，非以长语益之者也。"三是"词尽意不尽"，"非遗意也，辞中已仿佛可见矣。"四是"词意俱不尽"，"不尽之中，固已深尽之矣。"沈义父又提出"结句须要放开，含有余不尽之意。以景结情最好……或以情结尾亦好。"总之，尾句要能收住全文，又能发人深思，留有余味，所以词人们非常重视它，在句法上、音律上特别下功夫。我们可以举几个有特色的好结句看一看：

刘克庄的《玉楼春》（戏林推）全首八句，若单看前六句："年年跃马长安市。客舍似家家似寄。青钱换酒日无何，红烛呼卢宵不寐。　易挑锦妇机中字，难得玉人心下事。"似乎只是在写忘了国家安危而沉浸于青楼酒肆的文人生活，没有多大意义。然而，作者在词的结尾突然推出了

"男儿西北有神州，莫滴水西桥畔泪。"两句，深刻犀利，使人猛醒，前面六句也有了着落。作者用尾句点明主题，告诉人们不要沉醉于颓废的生活而忘记了统一祖国的大业啊!

有的词也是在结尾处点明主旨，但写得不这样外露。他们用形象说话，显得感情更深更细。例如苏轼的《水龙吟》（次韵章质夫杨花词），全首都在以杨花比离人，写得非常细腻缠绵，处处写花，但始终未出"离人"二字，直到结尾，说到被风雨击落的杨花化成了尘土，溶入了流水以后，才笔锋一转，说"细看来，不是杨花，点点是离人泪"，点破了题旨，使人感到余味无穷。

辛弃疾的《菩萨蛮》（书江西造口壁）更加含蕴沉郁。作者始而痛惋人民的苦难，继而表白统一祖国的急切希望，最后却说"江晚正愁予。山深闻鹧鸪。"暮色笼罩中的大江虽然正使我苦闷，深山中却传来阵阵"不如归去"的鸟鸣。解这首词的人，都说这结尾是消极低沉的，是作者孤独苦闷心情的流露。其实其中还有积极的一面。他虽然感到国势垂危如日薄西山（江晚）不免惆怅，但时刻不忘收复旧土、重返故园，那深山中传出的"不如归去"的呼声，就代表着作者和去国离家的人民的共同心情。

贺铸《横塘路》用问答方式结尾（"试问

闲愁都几许？一川烟草，满城风絮。梅子黄时雨"。），把失意人的愁思比作烟草、风絮、梅雨，非常形象地加深了主题，很耐人寻味。韦应物的《调笑令》（河汉）结尾"离别。离别。河汉虽同路绝。"与开头"河汉。河汉。晓挂秋城漫漫。"紧相呼应。柳永《雨霖铃》"寒蝉凄切"以深情的问句"便纵有千种风情，更与何人说"作结，余意深远，这些结尾都是很有特色的。

一首好词，开头、过片、结尾是一个整体，必须合起来品味，才能知道它的好处。因篇幅所限，本文就不再举例了。

七 词集、词话、词谱

（一）词 集

词在唐、五代、宋初，虽已独立于文坛，取得了很好的成绩，但在文人心目中，并未被认为是"正统"，因而它的流传多半靠转抄、传唱，很少有人将它们编集流布。文人们编辑自己的作品时，也不愿意把词收进文集。直到北宋中叶，这种情况才有了改变。我们今天所能见到的词集，大都是北宋以后编辑的。

词集大略可分"总集"、"选集"、"专集"三类。

"总集"或称"汇刻"、"汇编"，是后人缀集前代若干名家的词作，分集、分卷或分类编辑而成的，对所辑各家词力求完备，一般卷帙较多。宋人已开始编辑词家总集，著名的有《百家词》、《琴趣外编》、《六十家词》、《典雅词》

143

等。这些总集大多佚散，现在仅《琴趣外编》存五种、《典雅词》存十九种。明人汇编的总集保存较好，其中以《唐宋名贤百家词》（吴讷编，现存七十家）、《宋名家词》（毛晋编，存六十一家，又称《宋六十名家词》），两书对后世影响最大。到了清代，特别是晚清，词学在士大夫阶层中得到提倡，汇刻之风盛极一时，出现了不少总集。其中以康熙帝敕编《全唐诗》所附《唐五代词》十二卷（收六十七家，八百五十四首），王鹏运编《四印斋所刻词》、《宋元三十一家词》，朱孝臧编《彊村丛书》等最为重要。民国以后，编辑总集多力求完备，如刘毓盘辑《唐五代宋辽金元名家词集》六十种，汇为一编；林大椿辑《唐五代词》，得八十一家一千一百四十首，超过《全唐诗》附录的近三百首；唐圭璋辑《全宋词》，得一千三百三十余家，一万九千九百余首，搜集之全，篇幅之大，都是"前无古人"的。林氏《唐五代词》、唐氏《全宋词》解放后曾再版发行，唐氏还对《全宋词》作了校订。这两部书是研究唐五代宋词最重要的总集。敦煌石室写卷发现后，研究者又把其中的曲子词辑录成集，也是总集性质。解放后出版的王重民辑校《敦煌曲子词集》（收四十六调一百四十一曲，又其它十三曲）、任二北辑校《敦煌曲校录》（收曲词五百四十五首）是其中比较重要的，对研究词的起源、演变和唐五代民间词曲有很大价值。

　　"选集"是词学家根据一定的标准，选录部分作家的部分作品，或加注析，或仅加订误而编集成册的。宋初已开始有词选出现，现存最早的一部是后蜀赵崇祚选编的《花间集》。宋陈振孙推崇这本集子是"倚声填词之祖"。接着出现的是五代晚期未署选者姓名的《尊前词》。此后，宋人集选唐宋词人作品的选集有《梅苑》（黄大舆选编，十卷，专收咏梅之作）、《乐府雅词》（曾慥选编，三卷，拾遗二卷）、《草堂诗余》（传为南宋人选编，四卷）、《阳春白雪》（赵闻礼选编，一卷）、《花庵词选》（黄昇选编，包括《唐宋诸贤绝妙词选》、《中兴以来绝妙词选》各十卷）、《绝妙好词》（周密选编，七卷，专录南宋人词）等。

　　元代以后，比较著名的选本有《花草粹编》（明陈耀文选编，二十四卷，附《乐府指迷》一卷）、《词综》（清朱彝尊选编，三十六卷）、《历代诗余》（清沈辰垣等编，一百二十卷）、《词选》（清张惠言选编，二卷）、《宋词三百首》（清朱孝臧选编）等。一些"词谱"，重在选各调代表作品，不重在格律说明的，也可以视为词选，如清舒梦兰选编的《白香词谱》等。

这些选本虽因选者编选原则、占有材料多寡、校刊精度不同而良莠不齐，但多数都不同程度地起了保存资料、显示流派的作用，早期选本尤其如此。

解放后，词的选本很多，其中影响较大的有龙榆生《唐宋名家词选》、《近三百年名家词选》、夏承焘《唐宋词选》、胡云翼《宋词选》等。

"专集"指的是某一作者的词集。现存专集中，凡是作者生前已经集结成册或死后不久即辑刻成书的，都是北宋中叶以后的作品。著名的如周邦彦的《片玉集》(《清真词》)、辛弃疾的《稼轩词》、姜夔的《白石道人歌曲》等。大多数唐、五代、北宋作家的专集都是后人从各种有关资料中辑录而成的，大多编入"汇刻"，成为总集的一个部分。

解放后，陆续出版了许多著名词人的专集，大都经过认真的校刊、补订工作，不少本子加了注释、评介，为我们阅读欣赏研究词作，提供了更多的方便。

（二）词　话

"词话"跟"诗话"一样，是我国古代文学评论的一种特殊方式。它用札记的形式，精炼的语言，对词的源流、流派、作家作品的思想艺术特点、他们的成就与不足以及词的作法、格律、语言特色等各方面进行介绍或评论；有的还涉及到与作家作品有关的故事，为后人理解他们的作品提供背景材料。词话的作者受到时代和阶级的局限，评介的标准很难完全正确，常常带有较多的唯心主义、形式主义的缺陷，不少词话作者囿于门户之见，扬此抑彼，评论难免有所偏向。但是只要我们采取批判地继承的态度，善于识别精粗，那么大多数"词话"都能给我们以启发，有助于我们欣赏词作。

现存"词话"类著述，最早是宋代的。明、清乃至民国以来也不断有较为重要的词话著作问世。唐圭璋先生曾辑录历代词话得五十八种，编为《词话丛编》。这里只选择几种在体例上较有代表性的词话简略地介绍一下：

《碧鸡漫志》，宋王灼著。这部书可以算是第一部词话性质的专著。它以叙述词的曲调源流为主要内容，提供了很多有价值的材料。作者生活在词的全盛时代，闻见甚广，对于音乐又有相当渊博的知识；因此，这本书一向为研究词曲者所重视。解放后，曾收入《中国文学参考资料小丛书》（上海古典文学出版社1957年出版）。

《词源》，南宋张炎著。这是我国第一部系

统的词论，体例跟一般的词话有所不同。书分两卷，上卷论声乐格律，下卷论词的作法和词的鉴赏。张炎是宋末"格律派"词人中的大家，作品和文艺思想都受到周邦彦、姜夔的很大影响，而尤其推重姜夔。张炎论词，内容方面强调要有"意趣""要不蹈袭前人语意"而以自己的体会、旨趣溶入词中；提倡"雅正"，不要"为情所役"而陷于鄙俗。他既反对柳永等人的"粗俗"，又反对苏、辛等人的"豪放"。形式方面强调要严守声律，反对突破格律的束缚。关于形式与内容的关系，他强调"精思"和"清空"（即用"古雅峭拔"的形式，表达超然飘逸的情趣），反对粗率和晦涩。张炎的主张一方面有利于词的艺术技巧的提高，一方面又对形式主义的词风起了很大的推波助澜作用。解放后，人民文学出版社曾将《词源》收入《中国古典文学理论批评专著选辑》。

《本事词》，清叶申芗著。这不是一本重要的论词著作，但却代表了词话的一种体制。它模仿唐孟棨《本事诗》的写法，将词人在创作某些作品时的佚闻逸事编成故事，并把自己对作品的认识贯注其中。虽然不免有牵强附会之处，但由于故事并非全出于臆造，而且文笔比较生动活泼，对读者理解词的内容、感情和词人的身世、遭遇仍能有所帮助，也很能引起读者欣赏词作的兴趣。解放后，上海古典文学出版社曾将它与《本事诗》合册，收入《中国文学参考资料小丛书》。

《人间词话》，近人王国维著。它是札记性的词论，颇似杂感的汇集，实则有一个明确的思想、主张贯穿始终。王国维旧学根基深厚，又受资产阶级学术思想的深刻影响，论词常能超越前人，独出新意。他十分注重词的"境界"，强调外在形式与内在感情的融合。他要求词人要心中先有真景物、真感情，然后再以凝炼的艺术形象去体现他们。他注意到了创作方法中写实（他称为"写境"）和理想（他称为"造境"）的分别，提倡写实与理想互相结合。这些观点都打破了束缚词坛几百年的形式主义理论，不但对于词论，而且对于整个文艺批评的发展都有很大的影响。王国维的观点还带有较浓的唯心主义色彩，也有一些故弄玄虚之处，评论作家的标准也有前后不够一致的地方。读时当然要采取批判的态度。解放后，《人间词话》曾收入《中国文学理论批评专著选读》。

此外，南宋沈义父的《乐府指迷》，专论作词的艺术技巧；明杨慎的《词品》，涉及词人、词作面较广，所论从词的起源到词的内容、技巧、韵律等，各方面都有一些值得参考的意见；清张宗橚的《词林纪事》，卷帙较繁，征引颇富，共收词家四百二十二人，保存了唐宋金元许多词人掌故；近人况周颐《蕙风词话》，兼论词人词作和作词方法，颇有新意。这些词话著述都是很值得一读的。

（三）词　谱

　　词谱是讲填词规则的工具书。把前人所作各种词调的代表作品加以比较、分析、归纳，概括出它们的结构规律来，给后来的填词者一个范本和依据，这就是词谱的内容和任务。

　　据南宋周密《齐东野语》记载，南宋时已有《乐府混成集》，"古今歌词之谱，靡不俱备"。这书早已失传，具体面目不得而知。现存最早的词谱是明张綖《诗余图谱》。它分列词调，各调举出代表作品，在每篇作品各字旁边用黑圈、白圈标明平仄。这部书虽有很多疏漏，但后世词谱却大体没有超出它所创立的体例。

　　比较通行，影响最大的词谱主要有两种：一种是清万树的《词律》，一种是清康熙命王奕清等编纂的《钦定词谱》。

　　《词律》清万树撰，二十卷，共收词调

六百六十个，一千一百八十余体。成书于康熙二十六年，稍早于《钦定词谱》。《词律》订正了许多旧词谱的错误，在考订调名，分辨词、曲，核校平仄四声等很多方面，都有自己独到的见解。它的体例大致是：先列调名，再举例词，并在例词的字旁用小字注明平仄（只注可平可仄者）、句读、韵脚、换韵情况等等。凡一个词牌有多种词体的，则大致按各体字数之多少为序，分别列举，称为"又一体"；一调有与它调相关联的，则先列本调，再列与它有关或由它敷衍出来的其他词调（如在列举了《木兰花》谱后，又列举《减字木兰花》、《偷声木兰花》、《木兰花慢》），使用起来，比较方便。

《钦定词谱》，王奕清等奉康熙旨撰，共四十卷，收调八百二十六个，二千三百零六体。从详备的角度说，超过了《词律》。它的体例大体上同于《诗余图谱》：先列调名，调名下注明调名的来源、异名情况、各体的异同等。然后举例词，在字旁边用实圈、虚圈注明各字的平仄格式，再用文字注明韵脚和换韵情况。其他体例，略同于《词律》。

其他比较重要的词谱还有清舒梦兰原辑、谢朝徵笺注的《白香词谱笺》（四卷一百调）等。

解放以后，王力先生在他的《汉语诗律学》

中附有词谱二百〇六调二百五十余体，词调适当参考《历代诗余》及《白香词谱》所收，另外作了一些比较、订误的工作。他使用一种自创的简谱，原意是要突出词句平仄的基本规律，但使用起来却要前后对照，不大方便。后来，王先生在其他关于词律的著述中便不再使用简谱，而直接用"平"、"仄"字样来表示了。

另外，上海古籍出版社出版的龙榆生先生编撰的《唐宋词格律》，收录较常见常用的词调一百五十三种，一百九十六格，依照各调用韵的方式分类编辑。各谱用-（平）｜（仄）+（可平可仄）符号标注平仄；并对每一词调的来历、宫调尽可能注明，对某些词调的特殊格律、句法又加以简要说明；各调之下举传世名作一至数首以为范例。在列举某调时，先列常用体，再列变体，再列与本调有关的词调，方法大体同于《词律》。这本书选调、定格、举例、说明都比较谨严、适当，便于读词和填词参考。

结　束　语

　　在结束这本小册子的时候，对读词时应该注意些什么，简单地说几点意见。

　　词是在中国文学史上活跃了几百年的重要文学体裁，至今仍有一定的生命力，无论内容、形式都有许多珍贵的东西，值得我们借鉴。那种因为看到不少词篇主题比较狭窄，有些词篇内容比较轻艳，就认为词不如诗、不应多予肯定的态度是不对的；只承认南宋几个爱国词人，其余均认为不足取的态度也是不对的。

　　就词的内容说，不但像张孝祥的《六州歌头》、陆游的《诉衷情》、传为岳飞的《满江红》、辛弃疾的《永遇乐》、《菩萨蛮》、《破阵子》、陈亮的《水调歌头》等洋溢着爱国激情的壮丽诗篇至今仍能使人振奋，就是那些缅怀历史人物，描绘祖国山河，追求个性解放，向往真挚爱情，以至同情被压迫妓女生活的作品，也能使我们认识历史，热爱祖国，从而更加珍视今天的生活。

特别是词的那种经过千锤百炼的艺术手段——细腻的抒情方法，丰富的格律样式，简炼而富于音乐性的语言，更值得我们学习，以作为发展民族新文化的借鉴。而在艺术上的贡献，花间派、婉约派、格律派的大师们都不在豪放派之下。

当然，对于青年读者来说，要注意选择，弃粗取精。流传至今的古代词作数以万计，仅唐五代两宋作品即达两万一千多首，其中也有不少内容颓废、甚至接近黄色的。对于这些词，我们不能兼收并蓄。有志学词的青年同志，不妨先看今人的选注本，注意批判某些词中的不健康成分。

现在，还有一些青年喜欢填词，但他们在填词时，往往以为只要把句子和字数凑得和词牌相当就行。其实，词对格律的要求是很严格的，对于读词较少又没有一定声韵知识的青年同志，学起来确非易事。有人说：写词可以不论格律嘛！我们的意见是：如果完全不依格律，那倒不如去写新诗，何必非要挂上《沁园春》、《卜算子》的牌子呢？至于说：今人填词是否可以格律上依照词谱规定的样式，而在实际语音（四声、韵部等）上却以普通话语音为准，这倒是一个值得研究的新课题。